死神が情を持つことを、知らぬ者はない。

故に、

東部戦線の首のない死神がときどき、むしろしばしば青春を謳歌していても、いまさらおかしいと思う者は[illegible]

EIGHTY SIX

The number is the land which isn't
admitted in the country.
And they're also boys and girls
from the land.

ASATO ASATO PRESENTS
[著]安里アサト
ILLUSTRATION／SHIRABII
[イラスト]しらび
MECHANICALDESIGN／I-IV
[メカニックデザイン]I-IV
DESIGN／AFTERGLOW

86

—エイティシックス—

They spent their adolescence there,
on the battlefield.

[Alter. 1]

—死神ときどき青春—

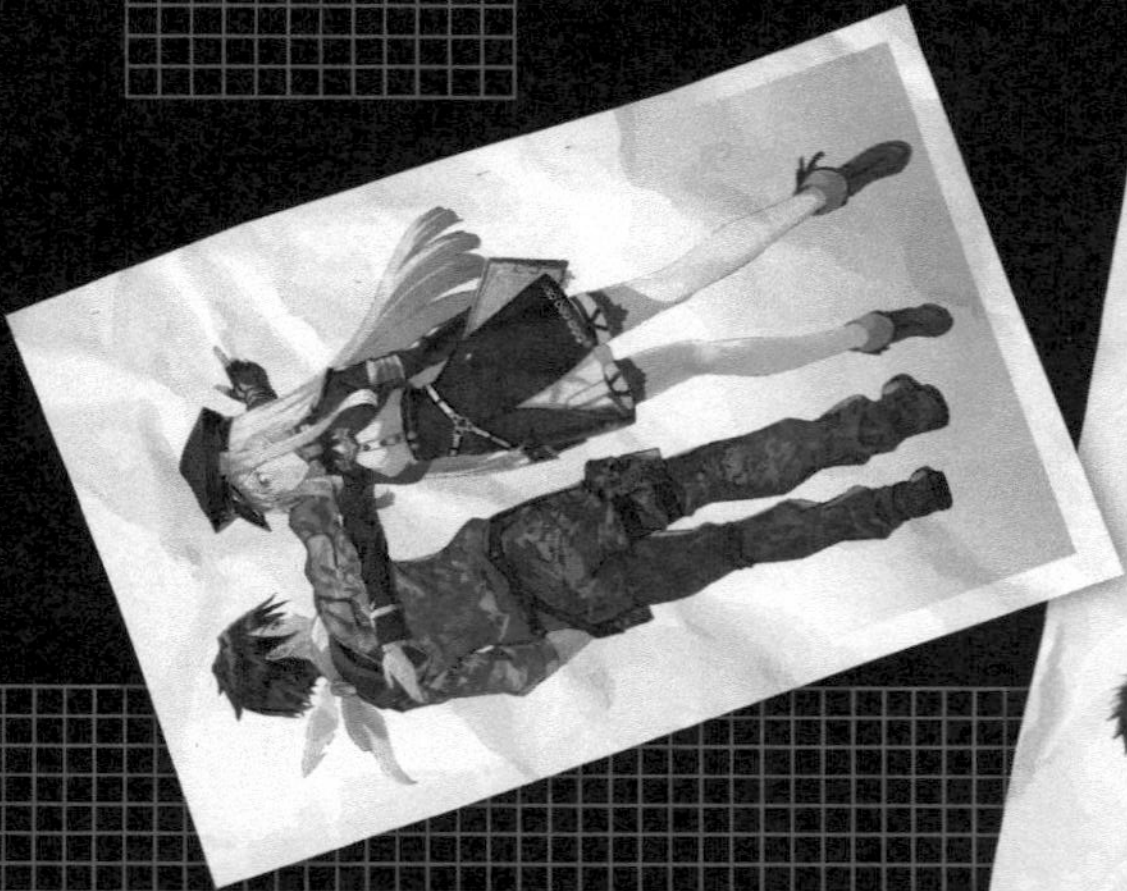

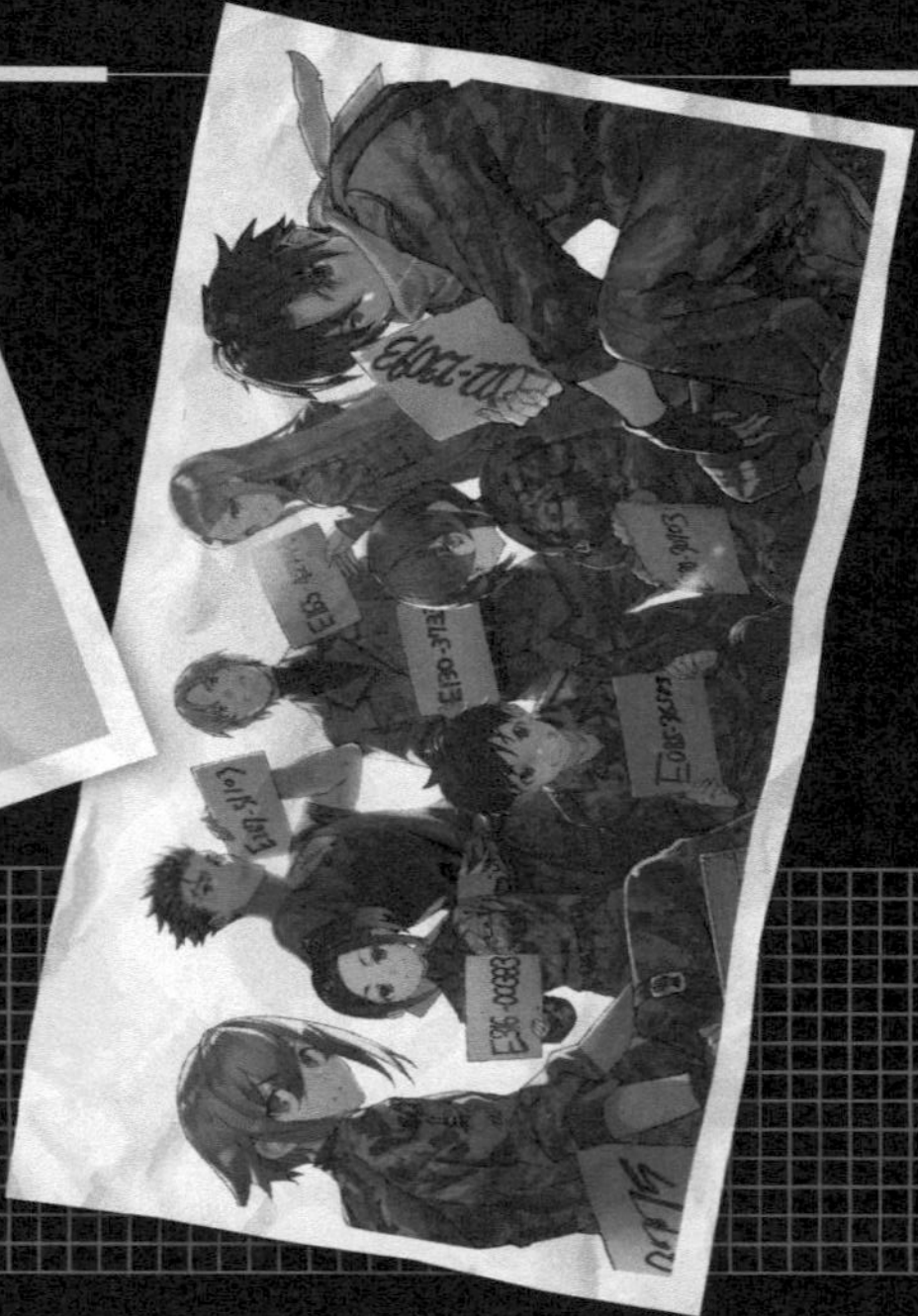

86 ALTER VOLUME ONE

サンマグノリア共和国編

They spent their adolescence there, on the battlefield.

86

[EIGHTY SIX]

The number is the land which isn't
admitted in the country.
And they're also boys and girls from the land.

冬の日に、隻影二つ

共和国首都リベルテ・エト・エガリテの革命広場のマーケットは粉雪に飾られ、冬の淡い陽光に美しく煌いていた。

贖罪祭のバザールだ。古代から続く、春を迎える前の贖いの火祭。時の流れに祝祭本来の厳粛さはすっかり失われ、今は単なるイベントの一つと化しているけれど。

祭り特有の空気に浮きたつ人々の賑わいに、今年で十二歳になるレーナはふと、そぞろ歩きの足を止める。

行きかう誰もが家族や友人、恋人と連れ立っている中、レーナだけが一人きりだ。まだ恋人もなく、父は早く亡くして母はこういう場所には下賤だと出てこず、飛び級を繰り返したレーナに同い年の友人は一人しかいない。だから一緒に歩く相手がいないのも、仕方ないのだけれど。

一日も早く軍人になろうと——いつか、助けてくれた人の誇り高い言葉に応えようと、これまで走り続けてきた。

そのことに後悔はないけれど、……こういう時は、少しだけ。

いつか見上げた空とは時間も場所も違う、高く澄み渡る冬の昼の空を見上げた。

助けてくれた、あの人はまだ。この空の下で戦っているのだろうか。

会いたいと――必ず帰ると言っていた弟の下に、たった一日でも帰れたのだろうか。

これだけは唯一、今も戦場に続く蒼穹を見上げて、寒風に冷えた唇で呟いた。

放棄されて久しい廃墟の都市に、そう都合よくシャベルが転がっているわけもない。

纏う血肉を失った白骨は一抱えほどの嵩もなく、いまさら獣に荒らされるおそれもない。だから作るべき墓穴はごくささやかなものだったが、それでも凍りついた地面を銃剣で掘り返すのはなかなかの重労働だった。今年十二歳の、まだ背も伸び始めないシンにはなおさらに。

探しにきたファイドが手伝ってくれなかったら、丸一日かかっていたろう。どうにか日暮れ前に完成したみすぼらしい土盛りを前に、風よけ代わりのファイドに背を預けて、シンは独り雪を沸かした白湯をすする。

エイティシックスには墓標を作ることは許されていず、雪に鎖された廃墟には手向けるべき花もない。昨晩の雪が嘘のように晴れ渡った青空に、しかし生き物の影はなく、白骨と化した無言の兄にかけるべき言葉など、もはや何もなかった。

遺（のこ）された白骨を埋葬しても、ここに兄の亡霊はもういないから。

鉄のように硬い、凍った土を半日削った銃剣は、すっかり刃先が駄目になってしまった。ファイドに切り取らせた兄の〈ジャガーノート〉の装甲片を、淡い陽光を遮るように翳（かざ）す。

重機関銃弾さえ防げない薄っぺらなアルミ合金の装甲と、描かれた首のない骸骨の騎士のパーソナルマーク。

首を斬り落とされた、死に損ないの亡霊の。

まるでシンに対する皮肉のようなそのパーソナルマークを、兄が自機の装甲に描いた理由も今はもう、知る術（すべ）はない。

シンが寄りかかっているコンテナは動かさないまま、光学センサだけを振り向かせたファイドが、センサの丸いレンズを一つ瞬（またた）かせた。

「……ぴ、」

「別に、まだ戻らなくても心配はかけないだろ。班長からはおれは、嫌われてるから」

所属する戦隊基地の、整備班長の青年を思い出して苦笑した。

悪い人間ではないのだと思う。むしろ十も年下のプロセッサーたちを深く案じているからこそ、その誰をも関わる端から戦死に追いやる〝死神〟を、整備班長は許せないのだろう。

整備班長とは強制収容以前からの友人だったという戦隊長は、戦隊最年少のシンをずいぶん気にかけてくれていたが、その彼も昨晩の戦闘で戦死してしまった。

それ以外の仲間たちも、全員。

また。

帰りを待つ者などいない。そもそも生還さえ、誰からも望まれてはいない。

それでも生き延びねばならないとはわかっているのだけれど。こういう時は、ほんの少し。

兄の遺骸が最期まで振り仰いでいた蒼穹を見上げ、応える者などいないと知りつつ囁いた。

リベルテ・エト・エガリテと戦場は百キロ以上もの距離と要塞壁群、地雷原と電磁妨害に隔てられ、互いに届くものなど何一つない。

だから。

祝祭に浮かれる雑踏の、誰も気に留めない一角で、戦地に繋がる東の空を見上げ。

「……寒い」

見棄てられた戦場の片隅の、雪に鎖された廃墟で、いずれ陽の沈み逝く西の空を見やり。

「……寒いな」

白く凍る吐息のように零(こぼ)れた言葉と視線が重なったことを、二人が知る由(よし)もない。

八月二十五日（ライデン誕生日）

「——お前、今日誕生日だって？」

唐突にそんな、脈絡がない上に意図のつかめないことを問われてライデンは眉を寄せる。

忌々しい八六区での生活も、もう一年あまり。ついでに目の前の、らしくもないことを聞いてきたいけ好かない死神戦隊長殿とのつきあいも。

そういえば十三歳になるのかとふと思う。自分も、目の前のシンも。

「あ……ああ。そうだった。そういえば」

八六区では祝うことは無論、生年月日が必要となることさえもないので失念していた。

ふと気づいてライデンは問う。まさかこいつが、数か月とはいえ年上だとも思えないが。

「お前は？」

「忘れた」

さらりと言葉は返る。はぐらかしているのとも違う、本当にもう覚えていなくて、そしてそれを苦にもしていないという声音で表情の。

なお、この数年後に五月生まれだと教えられることになるとは、当たり前だけれど二人ともまだ知らない。

ついとシンが小首を傾げる。

「せっかくだし、何か、祝ったりとか」

「……そいつはまあ、悪かねえけどよ」

あっさりと忘れたと言い放ったシンと同様、仲間たちはどうやら、生まれた日などもう覚えていない。八六区に放りこまれる前の記憶など、戦火に焼かれて最早ほとんど思い出せない。

それなのにたまたま覚えているから自分だけ、というのは悪い気がする。

それに。

「ちなみに本音は？」

「この隊もそろそろ再編される時期だし、生き残った奴だけでも気晴らしに騒ぐ口実があればって思って」

だろうと思った。

半眼になるライデンを、シンは気に留めない。

「今日明日と〈レギオン〉は動かないみたいだし、このまえ砂糖が大量に手に入ったから、何か甘いものくらいは作れると思うけど」

言って、シンはふとにやっと笑った。

ライデンは大変イヤな予感がした。

「あと備蓄倉庫から持ってきた缶詰のクラッカーの残りと缶のミルクと、卵があるか。この前見つけたレシピ本に載ってた、カスタードのタルトでも作ろうか。おれが」

「よしやめろ」

シンは料理がヘッタクソである。

それはたとえば、面倒だからと平然と手順を省いたり逆にしたりする雑さとか、なんでもかんでも目分量ですませようとする雑さとか、火加減を考えずとりあえず煮立たせる雑さとか。要するにとにかく雑なのだ。

あとそもそも、どうもちょっとバカ舌だ。

シンはまだ、らしくもなくにやにやしている。

「遠慮しなくてもいいのに」

「身の危険を感じてるんだよ。……ったく」

からかわれていると気がついて、ライデンはがりがり頭を掻いた。

最初に会った頃の、情のない死神のような印象から、もう一年あまり。少し笑うようになったのはいいのだが、こうしてやたらとからかってくるのはなんなのか。

「要するに、それが食いたいんだろ。わかったから作ってやるよ」

砕いたクラッカーでタルト生地を作って、カスタードを詰めて。それくらいならこの八六区でもなんとかなるだろう。オーブンはもしかしたら、自作することになるかもしれないが。

それにしても甘いものが食いたいなんて、こいつもやっぱガキなんだよなと意外に思いながらライデンは目を向けて。

果たして、シンはきょとんとした顔でライデンを見返していた。

「いや……おれ、甘いものは苦手だけど」

「この野郎」

レーナ＋アネット

「明日から二人とも軍人でしょ？　だから自由な最後の一日、ってことで、一緒に買い物に行こうよ」

と、アネットに誘われて、レーナはリベルテ・エト・エガリテ中心街の、第一区最大のデパートメントを訪れた。

「わたしたちは隊舎に入るわけじゃないのに、アネットったら大げさなんだから」

「いーじゃない別に。口実口実」

ハンドバッグを振り回すアネットは心底浮かれた様子だ。つられてレーナも微笑んだ。

上客のご令嬢二人の来店に、自ら応対に出てきた支配人の同行はやんわり断って、目に留まった店を気の向くままに見て回る。華やかで上質な、流行りのドレスに靴に宝飾に菓子。どれも色鮮やかで、心浮き立つ。

「レーナはこれ！　ぜったいこっちの白と金！　ほら、着てみて着てみて」

「あっ待って、そしたらアネット、そっちのレースの、似合うと思うからあなたも、」

「……ヒール、ちょっと高すぎるかしら」

「大丈夫よレーナ。大人、って感じでかっこいいわ」

「見てアネット、こっちのピアスとネックレスのセットも可愛いわよ」

「あーあたしそれはパス。あたし血みたいな赤って苦手で。それなら同じデザインの、そっちのブルーの、」

「……レーナ。フォレ・ノワールとフレジエ、お勧めのケーキどっちにするか決めた？」

「……まだ。ねえ、今日だけってことで、両方とも頼まない？」


きゃーきゃー言いながら結局一日デパートメントの上から下まで回って、買ったあれこれの袋を抱えて最上階のカフェに入る。どこからともなく現れた支配人が、お屋敷に届けて参りますので、と少女二人の山のような買い物を引き取って去っていった。

案内された窓の傍の最上席で、眼下の景色を楽しみながら紅茶とコーヒーで一息つく。レーナは紅茶派で、アネットはコーヒー党だ。どちらも生産プラント製の合成品で、どれほど細心の注意を払って丁寧に淹れても、記憶の中の本物には遠く及ばないのが少し残念。

夕焼けに染まるリベルテ・エト・エガリテ市街を眺めながら、アネットがふと口を開いた。八本の大通りが中央広場から郊外へと放射状に延びる、美しく整備された瀟洒な街並み。景観保護のため共和国の建築物には高さと階数に制限があり、制限いっぱいの高さのビルディングの最上階にあるこのカフェからは、視界を遮るものなく第一区の中心街が一望できる。

「……レーナは、指揮管制官志望したんだっけ」

「ええ。もう配属も決まったわ」

「まったく物好きよね、あんたも。本当に」

言う、アネットは研究部への配属が決まっている。亡くなった父親の研究を引き継ぐのだとか。

不意に湧き上がった不思議な感慨に、レーナはティーカップを持ち上げかけた手を止めた。楽しかったただの女の子の時間も、これで終わり。明日からは互いに、同じ年の少女たちよりも一足先に『大人』の世界に……軍人の世界に足を踏み入れる。

目を伏せるように微笑んだ。

「今日は、ありがとう。来てよかったわ。これからお互い、忙しくなるものね」

「でしょ？　でも、別に来たかったらいつでも研究室に遊びに来てよ」

「いいの？」

「レーナだったらいつでも大歓迎」

そうだ、と、コーヒーカップを脇に置いてアネットは身を乗り出した。とっておきの秘密を打ち明けるように、声を潜める。

「さっき、下のお店に可愛いマグカップがあったでしょ。白ウサギと黒ウサギの、お揃いの。あれ買おうよ。それであたしの研究室に置いとくの。レーナが来たとき専用、ってことで。だからほんとに、ちゃんと遊びに来てよ？」

子供みたいに目を輝かせる友人に、レーナはくすくすと笑った。同じように身を乗り出して、声を潜める。

「もちろんよ、アネット」

わたしの大切なお友達。

クレイモア戦隊

「――そんだけわかりゃ充分だ。あとは任せろ」

「……悪い」

「仕方ねぇよ。いいから寝てろ」

言って、第二八戦区第一防衛戦隊〝クレイモア〟副長、ライデン・シュガはぎしぎし鳴る木の椅子から立ちあがる。

安っちいプレハブの隊舎の、自分のではない個室を出かけて、ふと振り返った。

「なんか状況変わったからって繋いでくるんじゃねえぞ、んなふらふらの状態で同調される方が迷惑なんだからな、シン！」

了解を示してか、毛布の向こうで力なく手が振られるのを確認して扉を閉める。

出撃準備の整った格納庫に入ると、ずいぶん数の少ない隊員たちが見返してきた。

損耗率の高いプロセッサーのこと、どの戦隊も部隊の定数は割りこんだまま戦闘を余儀なくされているが、今のこの人数の少なさは戦死によるものではない。ここ数日の冷えこみで、戦隊長のシンを始めとした何人かが風邪で寝こんでのものである。年長者でもせいぜいが十代後半と、身体機能が未完成の上に生活環境の悪いプロセッサーには、特に冬場はよくある話だ。戦力としてはあてにできない新入りたちはともかく、シンとダイヤがいないのはちっと痛いなと、顔には出さずにライデンは思う。

それでも、休んでいろと言えるだけ、古参兵（ベテラン）の多いこの隊はマシだ。

そうでないほとんどの戦隊では、まともに戦えないとわかっている怪我人（けがにん）や病人でも戦力とせざるを得ない。死ねと言うのと同じだ。実際、そうやって無理な出撃を強いられた奴（やつ）は、大抵その戦闘で帰ってこられなくなる。

ふと見ると、新入りの少年の一人が不安げな顔をしていた。

「……大丈夫なのかな、今回……戦隊長がいないのに……」

そういうつもりではないのだろうが、いても安心できないと吐露されてセオが苦笑し、年の近いクレナがちょっとむっとなる。

少年の属する小隊の小隊長であるアンジュが柔らかく笑う。

「甘えん坊のリト君に、一つ忠告しておくわね。……そうやって、戦闘中にシン君を頼りにしてると真っ先に死ぬわよ」

え、とリトは目を見開く。こと戦場では、彼らの戦隊長は恐ろしいほど頼りになるのに。

「指示も警告も、状況次第で優先順位をつけざるを得ない。いつも助けてもらえるわけじゃないの。自分で戦況を見て、判断して、誰にも頼らず戦えないような子は生き残れないわ。それに、……ねえ、シン君も私たちも、いつまでもあなたたちのお守りはしてあげられないのよ」

成長期前の幼い顔がはっきりとこわばった。自分たちを取り巻く現実を思い出したのだ。

彼らの暮らすこの戦場では――誰も彼もがいずれ、必ず死ぬ。

いよいよ泣きそうになるリトの、まだずいぶん下にある瑪瑙色の髪をくしゃっとかき回してライデンは言った。彼にとってそれはごく当然のことで、だから気負って言うことでもない。

「ま、今日はこの人数で充分って程度だし、……死なせるつもりもねえから安心しろ。あいつ、気にしてないようで意外と気にかけてるからな」

具合が悪いんだから同調してくるなよと、釘を刺しておかねばならない程度には。


出撃前の言葉どおり一人も欠けることなく帰投すると、明らかに少し前から待っていた様子でシンが起き出していて、ライデンは顔をしかめる。

「寝てろっつったろこの馬鹿」

「だいぶましになった。それに、悪い知らせは早い方がいいだろ」

言う、シンはしっかり寝た分だけ朝よりは顔色が良かったがそれでもまだずいぶん辛そうで、それをおして言うべきことなのかと、ライデンは口をついて出かけた文句を呑みこむ。

「悪い知らせ？」

「次の任地の通達が来た」

気づけば同じく寝こんでいたはずのダイヤも下りてきている。いつもは剽軽な青い双眸が、今は硬く醒め果てている。

プロセッサーの結託と反乱の防止のため、各戦区での任期は原則半年、その後戦隊は一旦解体されてばらばらに再編成される。この隊に配属されてじきに五か月、再編成・任地替えの通達自体はおかしくないが――。

不審に見下ろすライデンを静かに見返して、いついかなる時も揺らぐことのない、淡々とした口調でシンは言う。

その、しんと凍てついた、血赤の瞳。

「おれを含め、小隊長以上の全員は第一戦区第一防衛戦隊に配属だ」

聞いていたリトがひゅっと息を吞んだ。ライデンは険しく目を眇める。

第一戦区、第一防衛戦隊。

「……〝スピアヘッド〟か」

東部戦線で最も苛烈な激戦場の――その最前線の防衛部隊。

戦死者のいないこの戦場で、最も多く人が死ぬ。

〝死神〟の異名を持つ彼らの戦隊長は、その一瞬、かすかに――だがたしかに、冷えて凄愴な笑みを浮かべた。

ダイヤ＋アンジュ

「戦車型(レーヴェ)の砲撃喰(く)らって吹っ飛んだ家の前でみーみー鳴いててさ、そんで目が合っちまったんだよ。センサ越しだけどそこは心と心で」

安い悲劇、を絵にかいたような悲愴(ひそう)感たっぷりの面持ちで言うダイヤの胸元には、足先だけ白い黒い仔猫(こねこ)。三角の耳と銀色のひげをぴこぴこ動かし、なるほど特有の甲高い声でみぃみぃ鳴いている。

「見てみたら親っぽい猫とかは瓦礫(がれき)にやられてぺっちゃんこで。けどこんなちっこいの、一匹きりで生きてけるわけねえじゃん」

補給物資要求の書類作成中に邪魔を入れられた挙句、このベタな小芝居につきあわされているシンは、普段は無感情な紅(あか)い双眸(そうぼう)に露骨にうんざりした表情を浮かべている。

まだ戦闘も終わりきらない中、周囲に〈レギオン〉はいないとはいえ無防備にキャノピを開けて、何をやっているのかと思っていたら。

加えてだんだんオチが読めてもきたので、とりあえずデスク周りの手で持てる物体の中で、一番重くて硬い物を目で探した。

「俺、ちゃんとお世話するからさ。だから、……飼っていいよね、お母さん！」

最後の単語を聞くなり、シンはデスクに放り出してあった頑丈で重いナイフ（銃剣兼用）を鞘(シース)に入れたまま投げつけた。予想していたダイヤはひょいと首を傾(よ)けて避け、……その避(よ)けた先にもう一つすっ飛んできた文鎮の直撃を額に喰(く)らってひっくり返った。

腕の中から薄情にもぴょんと跳びだした仔猫(こねこ)を抱きとめて、成り行きを見守っていたアンジュがのほほんと言う。

「ボケの挙動を読み切った素晴らしいツッコミね、シン君」

「アンジュ……頼むからそこは俺の心配をしよーぜ……」

そんなのしーらない、とばかりに、アンジュの腕の中で仔猫(こねこ)がみゃー、と鳴く。

「ともあれ、この子洗ってきちゃうわね。シン君、こないだもう雑巾(ウエス)に回すって言ってたタオルあったでしょ、あれもらうわよ」

「ああ」

仔猫(こねこ)を抱えたままアンジュは出ていき、いろいろな意味で立ち直りの早いダイヤは何事もなかったように起きあがる。

同時に、角を金具で補強した分厚い革表紙の古書に手を伸ばしたシンを見て、さすがにもう一度ボケるのはやめて要点だけを繰り返した。

「つーわけで、飼っていいよな⁉」

「いいんじゃないか」

どうでもいいのでさらっと応じたシンに、ダイヤはしかし、嘆かわしげに片手で額を押さえてかぶりを振る。

「だー、違うっ、違うぜシン！　そこは一度、元のところに返してきなさい！　だろ⁉」

「………」

「そんでそこから俺が説得して泣き落として最後まで面倒見るからって涙ながらにお約束して、それで、じゃあ仕方ないな、だ！　いいな？　じゃあ最初からもう一度……」

「もう一度繰り返すのもそう言ってやるのも構わないけど、言ったからには本当に元のところに返しに行かせるぞ。〈ジャガーノート〉なしで」

今日の作戦域までは人の足ではずいぶんかかるし、その辺りにはまだ斥候型（アーマイゼ）と自走地雷がうろついているようだが、この際知ったことではない。

淡々とした声音の本気を感じ取って、大仰に両手を広げたままダイヤが黙る。シンは深々とため息をついた。

まったく。

セオ＋カイエ＋ハルト＋ファイド

「――それで、よく目を凝らしてみると、川の上にたくさんの緑色の光がふわふわと……」

「うわあぁぁぁあん、やめろおぉぉぉぉ……！」

『ッ……！』

　コーヒーを淹れてシンが戻ってくると、ハルトにまるでぬいぐるみか何かのようにすがりついてカイエが喚き、そのすぐ後ろでセオが楽しげにぼそぼそと囁いていて、どうやら同調の向こうのハンドラーの少女もカイエと同じ感じになっているようだった。

　窓の外は雷鳴轟く大雨の夜で、なかなかおあつらえ向きのシチュエーションだ。ハンドラーがいる遠い第一区がどうだかは知らないが。

「その川って、昔からの激戦場でさ。つまり古の兵士たちの怨霊が、僕たちの戦いの気配に目を覚まして……」

「だからやめろってば、セオの馬鹿ぁぁあああ！」

　というか、それは蛍だと思う。

半泣きで絶叫するカイエと、もはや声も出せないらしいハンドラーに、シンは思うが口には出さない。つっこむのも面倒だ。

別断、臆病な仔ウサギみたいに縮こまってぷるぷるしているらしいハンドラーの少女がちょっと面白かった、わけではない。

カイエにぎゅうっと抱きつかれて若干顔色を悪くしたハルトが——締めつけられて息がしづらいのだ——その状態のままニヤニヤと言う。

「あー、俺が見た奴だとさぁ。森の中にこう、真っ黒い人影が立ってて。そんで一度目を離してから戻すとちょっと近づいてきてて、また目ェ離して戻すとまた近づいてきて……」

「うわぁあああああん馬鹿ぁああああああああ！」

「ぐええ」

なぜ文字どおり自分の首を締めるようなことを言う。

と、思ったがシンはやっぱり口には出さない。背もたれに両腕を置いてその上に顎を乗せた姿勢のまま、セオが視線だけをちらりと向けてくる。

「ちょうどいいや、アンダーテイカーもなんかない？　そういう怪奇体験」

「いや。……おれは特にないな」

「なんだ」

即答に、セオはつまらなさそうに鼻を鳴らす。

　それでふと思い出して、シンは今上がってきた階段を振り返った。怪奇、というほどのことでもないが。

「ところで、踊り場の窓の外にいる奴（やつ）は何をしてるんだ？　こんな雨の夜に外に出て、窓掃除でもないだろうに」

「「「ちょっと待てぇ！」」」

　カイエとハルトとセオの全員から絶叫されて、シンは眉をひそめた。

「……なんだいきなり」

「なんだじゃない、おかしいだろうそれは！　何がおかしいって一から十まで！」

「言うとおりこんな土砂降りで外に出るバカなんかいねえし、一階から二階に上がる階段の踊り場の窓の〝外〟ってそいつどこに立ってんだよ！　飛んでんじゃん！」

「そもそも、今食堂に行ったんでしょ⁉　いなかったの誰か⁉」

　言われてみれば。

「なら、もしかして生きてない奴（やつ）だったのか」

「「「やめろってば！」」」

　力いっぱい叫ばれてシンは黙る。

　セオとハルトとカイエはびっしり粟立（あわだ）った二の腕をごしごしさする。

「ああもう！　つまりアンダーテイカーってば、怪奇体験がないんじゃなくて！」

「慣れすぎてるんだかなんだかで、怪奇を怪奇だって思ってなかったってだけじゃん！　……えっ、じゃあお前どんだけ怪奇体験してんの⁉」

「怖い、結局アンダーテイカーが一番怖い！」

ぎゃーぎゃー騒ぐ彼らの声の向こうで、何かの限界を突破したらしいハンドラーの少女がぱったり倒れる、気配がした。


隊舎の二階から漏れ聞こえる騒ぎ声に耳を留めたかのように、再利用品の回収から戻ってきたファイドは足を止める。

コンテナには立派な金属の像が積まれていて、それは先日の戦闘で倒壊したビルの瓦礫の中に転がっていたものだ。磨いた白銀色の、偉人だか英雄だかを象ったそれなりに美しい像で、さっき隊舎の窓に何度かぶつけてしまったせいで少し傾いている。

光学センサを一つ瞬かせ、何事もなかったように自動工場付属の再生炉へと歩み寄った。

他の回収品と同じように偉人像を再生炉に放りこんで、ああ今日もよく働いたな、とばかり、勤勉な〈スカベンジャー〉は自身の待機スペースに戻る。

ライデン＋クレナ

「……これはもう、不可解とおりこして最早理不尽じゃねえかと思うんだが……」

さて、人間ではないエイティシックスにまともな衣食住が与えられるはずもなく、プロセッサーにあてがわれている野戦服も倉庫で長年埃をかぶった上に使い回されてくたびれた、ろくでもない代物だ。

となれば当然、プロセッサーにはある技能が必要となり、それは人によって得手不得手も出てくるものだが。

「なんでお前、繕いものは得意なんだ？」

「さあ」

食堂のテーブルに頬杖をついたまま言ったライデンに、袖口のほつれた野戦服を修繕しながらシンは応じる。料理は下手、というかとんでもなく雑なくせに、縫いものという細かい作業は苦手ではないのは理屈が通らない、と常々ライデンは思っているのだがシンは気にする風もない。

傍らではクレナが小さい女の子みたいに足をぷらぷらさせながら仕上がりを待っていて、その様子にもライデンは軽くうんざりする。

そう、シンが繕っている野戦服は、本人のものではなく。

「ていうかな。もうガキじゃねえんだから、いいかげん自分でやれクレナ」

「あたしは繕いもの苦手なの」

つんとそっぽを向くクレナだが、実際には苦手なのではない。壊滅的にヘッタクソなのだ。どれくらい壊滅的かというと、同じ隊に配属されたばかりの頃、あまりの駄目さを見かねたシンが一式取り上げて代わってやったくらいの壊滅っぷりだ。無論、生地の硬い野戦服を慣れないのに繕わせて女性の手に傷をつけるわけには、などという紳士的理由からではなく、血まみれになって廃棄される糸の無駄を憂慮してのことである。

以来、何かしらほつれると——さすがに下着類は持ちこまないが——繕ってくれとシンに頼みにくるのは、まあ、彼女なりの甘え、なのだろう。あるいは少しでも会話の回数を増やそうという涙ぐましい作戦かもしれない。

傍で見ているライデンからすれば、そういうことをやっているからいつまで経っても女子ではなく、手のかかる妹程度にしか認識してもらえないのだが。

「……少佐ァ。どう思うよクレナのこれ」

針仕事中のシンに気を遣ってか、同調はしているがずっと黙ったままのレーナに話を振ってみた。

けれど何故か返事は返ってこなくて、ライデンは片目を開ける。

「どうした？」

レーナはそれでも黙っていて、やがて怪訝そうに口を開いた。

『あの、……………………ツクロイモノ、って、なんですか？』

沈黙が降りた。

そしてその場の全員が思いきり嘆息した。

「お嬢様だとは思っていましたが、そこまでとは……」

「うわー……ちょっと、いくらなんでもそれはないわ……」

「少佐あれだろ。ボタンつけとかできないだろ」

また間が空いた。

『……ボタン、つけ、ですか……？　その、ボタンは嵌めるものですよね……？』

ボタンが取れたところを見たことすらないらしい。

よく気のつく優秀なメイドがお屋敷にお勤めのようで。

「まさか、針に糸通せないとは言いませんよね」

『……………針に、糸……………』

そもそも縫い物の基本中の基本を知らないらしい。

呆れたらしいシンがもう一度思いきりため息をついて、レーナがあからさまにうろたえた。

一方でクレナはふふんと得意げに鼻を鳴らす。

「あたしだってそれくらいはできるわよ、少佐」

『ええっ、それはひょっとして、できないと恥ずかしいものなんですか⁉　そうなんですかノウゼン大尉⁉』

シンは応えず、そのシンが無言の裏でおそらく思っているのと同じことを、ライデンも思ってうんざりした。

五十歩百歩。

シン＋レーナ

「……ん、」

ふ、と片腕に軽い重みがかかり、見下ろすと隣で猫を構っていたはずのクレナが寄りかかって寝ていた。

読みさしの本を器用に片手で開いたまま、シンはしばらく沈黙する。寝こけるクレナは実に幸せそうに呑気（のんき）な寝息をたてていて、なんというか、全然成長してないなとつい思った。外側はともかく中身が。

まあいいか、と隣の少女は捨て置いてシンは読書に戻る。変な体勢だからすぐに起きるだろうし、起きないようならアンジュでも呼んで回収してもらえばいい。

と、思ったところで、知覚同調（パラレイド）が起動した。

いつものとおりの鈴を振るようなレーナの声が、いつものとおりの挨拶を口にする。

『……こんばんは、ノウゼン大尉』

あ、まずい。

反射的にそう思い、それから己の思考の不可解さに気づいて、シンはわずかに眉を寄せた。

…………何が？


今日はいつものメンバーは後片付けやらなにやらでいなくて、部屋にはシン一人のようだ。と、思っていたが会話の合間に幽かに、明らかにシンのものではない密やかな息づかいが聞こえて、レーナは首を傾げる。

静かなこれは……寝息、だろうか。

「……誰かいるのですか？」

『いるといえば。……クレナが寝てます』

寄りかかって寝こけられて動けないらしい。

想像してレーナはくすくす笑う。

「ククミラ少尉は、なんだか、可愛い妹さんみたいですね」

『妙に懐かれているだけです』

雨の日に仔猫を家に上げてやったらそのままいつかれて困っている、というような声音と口調だった。苦い表情まで想像できるようで、レーナは今度は声をあげて笑い。

同時に少しだけ、胸の奥底が、いらっ、とした。

……えっ？

自覚した途端に、もやもやはあっという間に大きくなった。なんだろう。

どうしてこんなに、イライラするんだろう。

そしてレーナが自覚するほどの感情の動きに、知覚同調(パラレイド)の接続下にあるシンが気づかないわけはない。

『……少佐？』

「なんですか？」

自分でもびっくりするほど刺々(とげとげ)しい声が出た。

『いえ……今、突然不機嫌になりませんでしたか？』

「なってないです」

また。

『……不機嫌ですよね』

「違いますってば！」

シンが黙る。言葉とは裏腹、レーナは手近のクッションを絞め殺さんばかりに抱きしめた。

常闇(とこやみ)のヘブンリー・ブルー

祖国から人権を剝奪され、〈レギオン〉と対峙(たいじ)する無人機の部品として最前線に閉じこめられたエイティシックスだが、まさか彼らも四六時中戦闘しかしていないわけではない。

「……危なくはないのですか？　いくらなんでも、競合区域(コンテスト・エリア)を一人で出歩くなんて」

最前線からは遥か遠い、平和な首都の私邸の自室。出入りの百貨店の外商に持ってこさせた花火のカタログをめくりながら、知覚同調(パラレイド)越しにレーナは言う。

戦区の一角、利用可能な物資を探して廃墟(はいきょ)の都市を探索しているシンは肩をすくめたようだ。

『別に、今は周辺に〈レギオン〉はいませんよ。ご存じでしょう』

「それは、そうですけど。狼(おおかみ)とか、虎とか熊とか」

『彼らも戦闘にいあわせれば〈レギオン〉からの攻撃の対象になりますから。戦闘の多い競合(コンテスト・)区域(エリア)にはわざわざ出てきませんし、同じ人型で自走地雷と区別できない人間には、近づきませんよ』

それと、この辺りにはそもそも虎はいません、と淡々とつっこみまで入れてくる。レーナはむぅと唇を尖らせ、ついでその唇をほころばせた。

シンは、気づいているのだろうか。最初の頃に比べればいつのまにかこんな、他愛ない雑談にも応じてくれるようになったことに。

『楽しそうですね。……今は何を？』

「え？　……ああ、ええと」

思いついて、くすりと笑った。目的は違えど、筒に詰めて火薬で撃ち出すのは同じだから。

「砲弾をいろいろ比べて、選んでいます」

『…………………………楽しい、ですか？　それは』

「ええ、きっと喜んでもらえると思いますから。……それに、それを言うなら、あなたこそ」

集合無意識を介して互いの声を伝えあう知覚同調は、顔を合わせて話している程度の感情も伝わる。今、同調下にあるシンは、寡黙で沈着な彼には珍しく、明らかに楽しそうだ。

なんでも、入ったことのない地下建造物への入口を見つけたのだという。

で、さっそく化学照明灯を片手に、ダンジョン探検よろしく中を探索しているらしい。

幼いうちから娯楽の一つもない強制収容所と明日をも知れぬ戦場で暮らしてきたからこそ、日常の中の些細なイベントを楽しむことに、エイティシックスの彼らは素直で貪欲だ。

そして男の子というのは大概、探検とか、秘密基地とかが大好きなもので。

ほぼ無音の足取りが微妙に軽いのも、やけにあちこち見回っているようなのも気のせいではあるまい。どうやらちょっとした発見を期待しているらしい様子に、レーナはくすくす笑う。

「何か、見つかったらいいですね。古代の遺跡とか、海賊の宝物とか」

『ここは内地で、おそらく地下鉄の跡ですから、そういうものはないと思いますが』

自分こそうきうきと言ったレーナに苦笑したシンが、足を止める気配。普段は足音をたてない彼の軍靴の靴音が、カー……ンと硬く遠く反響して、ずいぶん広い空間のようだ。

数百キロの距離とグラン・ミュールの向こう、顔も知らない少年が、静かに息を呑んだ。

『…………。視覚の同調ができれば、——同じものが見られれば、よかったのですけれど』


元がなんのための空間だったのかはわからない。少し先は闇に沈み、正確な広さも知れない広大なそこは、一面瑠璃色の闇に仄輝いていた。

天井の一角に空いた穴は地上まで繋がっているようで、夏の皓い陽が細く射しこむ。雨水が溜まったものか、澄んだ水が地底湖のように茫漠と揺蕩い、揺らめく青い光を闇に投げかける。元はどこやらに飾られていたらしい聖母像が、瑠璃色の闇と皓い光の中静かに微笑んでいた。

足音もない死神のように、シンは揺らめく水面の縁に歩み寄る。

「……東方の宗教では青は死者の国の色で、蝶は全ての文化で死者の魂の象徴だそうですが」

青い光の正体は、水底に無数に沈んだ発電子機型の残骸の、その碧い蝶の翅の反射だ。かつて迎撃砲に撃ち落とされたか、……あるいはここが、彼らの死に場所であったものか。

やめてください、とレーナが硬い声を出す。どこまでも人の、――人間ではないものとされたエイティシックスの死を厭うハンドラーに、シンは小さく笑った。

「ええ。おれも信じてはいません。……でも、」

それを見上げ、天国も地獄もありはしないと知りながら、どこか敬虔に目を細めた。

「最期に迎えてくれるのがこれなら、悪くはないかとも思いますよ」

揺蕩う瑠璃の闇の中、微笑む大理石の聖母像は、一条の皓い光に淡く、白銀色に輝いている。

朽骨の剣尖

宵闇に凍てつく薄暮の戦場は、季節外れの受難の磔刑の花の青に埋まり、死の眠りのように静謐だった。

その冷たい青に、意識を支配していた戦闘の狂熱を冷まされてシンは我に返る。

見回せば〈ジャガーノート〉の光学スクリーン越しの戦場に、動く者は何もいない。ただ燻る〈レギオン〉の残骸が花の海の狭間に転がり、あるいは焰さえも消えてしんと擱座する。敵の気配も、人の気配も最早ない、人の支配を失って久しい、見渡す限りの戦野。

また独り残ってしまったのかと一瞬思い、すぐにそうではないと思い出して首を振った。

共に特別偵察に出た仲間たちは、まだ全員が生き残れている。単に、戦闘に没入するうちに距離が離れてしまっただけだ。

意識を向ければ繋がったままの知覚同調の向こう、ライデンが嘆息する気配がする。早く戻ってこいこの馬鹿、と半ば呆れた声が言う。

ああ、と短く返して知覚同調を切り、言葉に反してシンは〈ジャガーノート〉を降りた。

暮れ逝く、透き通る青い色彩を一度失い、金色の夕暮れに変じてから再び昏い、冷たいあおいろに染まる空。天球を映したかのような見渡す限りの、墜ち砕け散らばる地の碧色。

振り返ればここまで共に進み、戦ってきた彼の〈ジャガーノート〉は、長い行軍と度重なる戦闘で装甲も兵装もぼろぼろに傷ついている。古びた骨のような装甲の塗装色と相まって、今やまるきり、首のない朽ちた白骨のようだ。

偵察の最初の戦闘で折れて予備パーツに交換し、再び折れた高周波ブレードが、鋭利な断面に鈍く薄暮の光を弾いていた。

特別偵察に出て、どれくらい経ったか。ずいぶん進んだ。今はもう、ここはかつての共和国の領土でもないだろう。

預けた言葉を思い出して、ふっと目を細めた。

この場所に、あのハンドラーは。レーナは。

共和国首都リベルテ・エト・エガリテの、高層建築が規制されて広い空に、夜さりの昏い冷たい青が広がっていた。

今日は少し、仕事が早く終わった。家路につこうと国軍本部のゲート前の庭園を足早に歩いていたレーナは、その独特の碧瑠璃をふと、足を止めて見上げる。

晩秋の早く落ちる陽の、長い夜のはじまりの空。冬の、死の季節の訪れも間近の暗い空。

同じ空の下に、シンは、スピアヘッド戦隊の彼らはいるのだろうか。それとも。

彼らは今は、どこに。どこまで。


この場所に。今日、自分が行きついたここに。レーナはいつか、追いついてくるだろうか。

太陽は地の果てへと完全に消え、薄闇に昏く沈む青い花畑を見つめてシンは思う。

その時までと願いを預けた、この戦争が終わった後に。それともまだ、戦争の最中に。

磔刑の花は見渡す限りに、碧く青く咲き誇っている。

天に向かい伸びるはずの蔓が、縋るよすがもなく地を這って。架刑の十字を負ったままに。

人などいない、〈レギオン〉の支配する戦野を進んで進んで戦い続けて、どこまで進んだのかなどもうわからなくて。このところは自分が生きているのか死んでいるのか、わからなくなる時がたまにある。長い行軍と戦闘の日々に、次第に何かが削れてきているのを痛感する。

それでも。

――いつか、花を。

背後、戦野で朽ち果てた白骨のような、彼のパーソナルマークである首のない骸骨の紋章を負う〈ジャガーノート〉。

戦人の白骨は折れてもなお、剣のように、槍のように鋭い尖を持つだろう。そのように。

いつかと願った、彼女の顔は。戦野に削れ果ててもなお、知らないからこそ、薄れない。

仔猫(こねこ)

同じ共和国市民であるはずのエイティシックスを共和国八五区内に住まわせる余裕はなかったというのに、猫を飼う余裕は当然のようにあるのは、よく考えなくてもおかしな話だ。

メーカーのロゴも鮮やかな高級キャットフード缶を片手に、レーナはしばし奇妙な虚無感に浸る。

国土の全周を〈レギオン〉に囲まれた共和国の、貴重なリソースを割いて生産プラントで合成され、店頭に並ぶキャットフード。肉らしい見ためや匂いを整えている分、伝え聞くところによるとプラスチック爆薬に似ているという八六区の合成食料よりもおそらくは、遥(はる)かに上等な。

猫を飼うなとは言わないが、それにしても本当なら、優先順位は逆であるべきなのだろうに。

しみじみと嘆息して缶を開け、なんたらソースのなんたら仕立(じた)てとか、意味もなく凝った料理名のついた合成タンパクを皿に盛った。

「どうぞ。ご飯ですよ」

しゃがんで皿を置いてやったのは、部屋の隅のクッションにちんまり寝そべる白靴下の黒い仔猫の前だ。

シンたちスピアヘッド戦隊が、隊舎で飼っていた仔猫。二度と帰らない戦いに赴く彼らを見送り、最後に遺してくれた言葉と共に彼らから託された、おそらくは、彼らにとっては束の間の平穏の象徴の。

仔猫は前に置かれた、無駄に手の込んだキャットフードを気のない様子で一瞥し。

ふん、とばかりにそっぽを向いた。

どうも合成タンパクはお気に召さないらしい。スピアヘッド戦隊の隊員たちは手が空いた時には狩りなんかもしていたようだから、その御相伴にあずかることも多かったのだろう。

あるいは、……気に入らないのは仔猫にしてみれば勝手につれてこられた、この壁の中での生活そのものだろうか。

エイティシックスが飼っていたモノなんて汚らわしい、と母親が強硬に反対したせいで、レーナの部屋の外にこの仔猫は出してやれない。今の担当部隊であるブリジンガメン戦隊の指揮と支援に奔走するレーナは日中あまりかまってやれず、除草剤と殺虫剤で徹底的に整えられた『自然』しかない第一区では、窓の外にも虫や小鳥はほとんど飛ばない。

自由に出歩け、目を惹く虫や小動物の類もいて、……何より、構ってくれる家族が大勢いたスピアヘッド戦隊の隊舎での生活とは、きっと何もかもが違う。

「……ごめんなさい。寂しいよね。みんながいなくて」

ふわふわの毛並みを、ふかふか撫(な)でた。丸まった仔猫(こねこ)が片目を開け、感情の読み取れない三白眼がちろりと見上げる。

見返して、レーナは少し哀(かな)しく微笑(ほほえ)んだ。

「わたしも、……みんながいなくて、とても寂しい」

東部戦線の彼方(かなた)に去りゆく、スピアヘッド戦隊の最後の五人を見送ってからずいぶん経(た)つというのに、まだ、毎晩決まった時間に彼らとの知覚同調(パラレイド)を起動してしまいそうになる。毎晩同じ時間のひとときの、互いに声しか知らぬ交流の時間。必ず最初に応えてくれる、沈着な、静穏な声を期待してしまう。

——お疲れさまです、ハンドラー・ワン。

シン。

あなたは、どこまで進んで。

今は——どこに。

斃(たお)れて。眠って。

それさえも知れないのが……とても寂しい。

されるがままにふかふか撫でられていた仔猫が、つと立ち上がって掌に顔を擦りつけた。抱き上げるとぴたりと胸元に寄り添って、みぃ、とほとんど息だけで静かに鳴く。

さびしいね。

そう、言われた気がした。

「――ええ」

寂しい。

あなたがいなくて、わたしは――とてもさびしい。

86 ALTER VOLUME ONE

ギアーデ連邦編

They spent their adolescence there, on the battlefield.

EIGHTY SIX

The number is the land which isn't admitted in the country.

And they're also boys and girls from the land.

成長

フレデリカにとって、食事とはいつも一人で摂るものだったから、少し年上とはいえ同年代の少年少女とテーブルを囲むのは、実は初めての経験だ。

書類上の養父であるエルンストは激務にかまけて滅多に帰ってこず、メイドのテレザはフレデリカの食事の間は給仕に回って同じ食卓にはつかない。この屋敷に来る以前も同じようなものだ。

そんなわけで。

「——よお喰うのお、そなたら！」

個々のメニューは覚えていなくとも、幼い頃食べつけた味の記憶はやはり一生のものだからと、この一週間ばかりテレザがレシピを集めて練習していた共和国の料理の数々。テーブルいっぱいに並んでいたそれらの皿が瞬く間に綺麗に空になってしまったのに、フレデリカは目を瞠る。

フレデリカ自身はまだ半分も食べ終えていない。止めてしまったナイフとフォークを再び動かすことも忘れてしきりに驚嘆している様子に、こちらは予想していたエルンストとテレザは声を出さずに苦笑する。

成長期真っ盛りのシンとライデン、セオは当然のこと、アンジュとクレナも背は伸び止まったろうが女性としての体形の成長はむしろこれからが本番だ。加えて過酷な戦場での生活が長かった彼らは、同じ年頃の少年少女よりも筋肉の総量が多い。つまり基礎代謝が高く、それだけ必要な食事量も多くなる。

まあ、これくらいは食べるだろうと、想像はついていた。

というか。

テレザが心配げに小首を傾げる。

「足りましたか、皆様。なんでしたら、もう二、三品お作りいたしますよ」

「ああ……いや、大丈夫だ。うまかったぜ」

「まあ、嬉しいこと。ありがとうございます」

テレザとライデンのそのやり取りに、フレデリカは戦慄を覚えた顔になる。

「待て。そなたらまさか、これでも足りぬということがあるのか……？　一体どれだけ喰うというのじゃ……？」

唇の端についたソースをぺろりと舐め取って、クレナがふふんと鼻を鳴らす。

「これくらい食べないと大きくなれないわよ、ちびちゃん」

む、とフレデリカはクレナとアンジュ、ついで自分……の胸元を順に見た。

確かに、違いは歴然だった。

大きい、それなり、…………………………………………ちょっと控えめ(婉曲表現)。

「……そうであるか」

行儀悪くセオが頬杖をつく。

「って、何見てんのさ。マセガキ」

「なんじゃとお！」

「フレデリカ。食事中に立たない」

エルンストの注意は見事に流された。

「マセガキとはなんであるか⁉　わらわはもう齢九つ、すでに立派なレディであるのじゃからして……」

「ガキだろ。充分」

「まあ……気持ちはわかるけど、気にするにはちょっとまだ早いかしらね……」

「背が伸び始めてもいないのに無理に食べても、単に太るだけだと思うけど」

常の淡々とした口調でシンまで加わるから、フレデリカは握りしめた両手をばたばたさせて地団太を踏む。

「っ、おのれ、よりにもよってレディを前に最も言うてはならん言葉を……！」

「だから、誰がレディだよマセガキ」

「なんじゃとお！」

フレデリカはきぃきぃ怒り、それをじゃれつく仔猫(こねこ)を構う調子で少年たちがさらにからかう。

平和に騒がしい食卓の様子に、連邦特有の黒い重いパンを千切りながらエルンストは目を細めた。

「……うまくやっていけそうだね、彼らは」

左様でございますね、とテレザが返した声も、珍しく少し笑んでいる。

兄妹（きょうだい）

「――む。待つのじゃ、シンエイ」

聖誕祭を前に賑（にぎ）わう、連邦首都ザンクト・イェデル中心街のデパートメント。その前の広場に出ているマーケットの一角でフレデリカがそう言って立ち止まるのに、人ごみではぐれる面倒を嫌って手を引いてやっていたシンは足を止める。

小さな少女が釘（くぎ）づけになっているのは、ハンドメイドの小物を並べた露店の、大きなクマのぬいぐるみだ。

……多分。何故（なぜ）か片目だけ縫い目もあらわに縫いつけられていたり、片耳がわざわざ欠けたように縫われてたりしているが。

なんというか、そこはかとなく絶妙に不気味な感じだ。

「少し早いですけど、聖誕祭のプレゼントにいかがですか？　可愛（かわい）い妹さんですからおまけしますよ」

店主らしい線の細い、眼鏡の女性がにこにこ言う。実のところフレデリカとシンは血縁ではないが、同じ黒髪と血赤の瞳のせいで傍目には兄妹に見えるらしい。

「おにいちゃん、わたしほしいなー」

振り返ったフレデリカが便乗する。ご丁寧に人差し指をくわえて上目づかいで。

また妙な芸を覚えてきたなと思いつつ、自分でやっておいて恥ずかしいのかだんだん赤くなってぷるぷるし始めたのが面白かったので、シンはその不気味なクマを買ってやることにした。


タグを切ってもらったぬいぐるみをもふもふして、フレデリカはご満悦だ。

「むふ。そなた意外とちょろいのう」

「どこで覚えてくるんだ、ああいうの」

こうして付き添いがなければ、買い物にも出ない箱入りのくせに。

「たわけ。そなたよもや、わらわがそこらの頑是ない子供らのように、流行りのアニメにただ黄色い声をあげてはしゃいでおるだけだとでも思うているのではあるまいな」

どこからどう見ても毎日毎日飽きもせずアニメに釘づけで黄色い声をあげてはしゃいでいるだけだが、つっこんでも面倒なのでシンはそれは流す。

フレデリカは得意満面に胸を張る。

「あれは研究しておるのじゃ。下々の者どもに交じっても不審に思われぬ……」

黙った。

「不審に思われぬ……ええと……」

まあ、どれだけ口調が尊大でも、まだまだ九歳児なので語彙力は成長途中だ。

しばらく待っても出てこなかったので、シンは助け舟を出してやる。

「振舞(ふるまい)、とか」

「おおそれじゃ。……意地悪して違う言葉を教えてはおらぬよな？」

以前からかったのをまだ根に持っている。

「辞書は買ってやったろ。疑うなら自分で調べろ」

「……何故(なぜ)いまどき紙の、それも一番重そうなものを寄越すのじゃそなたは……」

フレデリカの小さな手には余る馬鹿でかい辞書を、わざわざ古書店で探してきたのはもちろんあえてだ。

ひとしきりきぃきぃ怒った後はひたすら困り果てていたフレデリカを見かねて、ライデンがポケットサイズのものを買ってやったので問題もない。

ぬいぐるみを絞め殺しそうにぎゅうっとしてから、フレデリカはため息をつく。

「まったく……そなた、妙なところで子供っぽいのだの……」

正真正銘の子供にそう言われる筋合いはない。

大時代な言葉遣いを聞き咎(きとが)めたか、すれ違った老爺(ろうや)が振り返るのを視界の端に言う。

「不審に思われたくないなら、普段からさっきみたいに話してればいいんじゃないか」

む、とフレデリカは顔をしかめる。

「それが必要であれば、の話じゃ。普段からあのような甘ったれた言葉を使っていては、阿呆のようではないか」

「普段使ってないと、必要な時にも出てこないと思うけど」

言うと、フレデリカは奇妙に沈黙した。

「――そなたを形作るものを、いくつ捨ててもまだ、そなたであるかの」

「……？」

「言葉の選び方もわらわの一部じゃ。そう易々と捨てられるものではないし、何よりわらわはわらわであることを捨てとうない」

クマの頭に顎先を埋めたまま静かに言う、大きな血赤の瞳はシンを見ない。

「捨てとうはないが、……世に合わせねばならぬ時もいずれあろう。人は人の中でしか生きられぬ。合わせねば排されるとして、そなたならばどちらを選ぶぞ」

「…………」

咄嗟に、何も言えなかった。

言えなかったがそもそもなんでそんな話になったのかを思い出して、シンはまだずいぶん低い位置にあるフレデリカのつむじを見下ろす。

「ぬいぐるみ一つねだるのが、合わせないといけない時なのか？」

今度はフレデリカが黙った。

みるみる赤くなっていくのを見ながら淡々と追撃をかけてみる。

「それと、誰がお兄ちゃんだ」

「っ……うるさい、うるさいのじゃ！　細かい男は嫌われるのじゃぞ！」

じたばた両手を振り回すから、小さな頭をひっつかんでぐいと遠ざけた。

そうしてしまえば腕の長さの差でフレデリカの拳は全く届かないのだが、今日はぬいぐるみの分だけいつもよりリーチが長かった。アッパーカット気味に振り上げられたクマの足を、ひょいと首を傾けて避ける。

「……腕、千切れるぞ」

「そうなったらそなたが縫い直せばよいだけじゃ！　絵面の破壊力でライデンらの腹筋を崩壊させてやるわ！」

至近距離で炸裂する、幼い少女特有の甲高い声がやかましい。フレデリカの頭を押さえたまま、シンは小さく嘆息を零し。

傍目には仲のいい兄妹がじゃれあっているようにしか見えない二人の様子を、聖誕祭を前に明るい街を行き交う人々が、微笑ましげに見守っていた。

買い物

「――ライデン、買い物に行きたいのじゃ」

黒髪にちょこんと乗せたベレー帽にレースのついたオールドローズのワンピース、ふわふわの白猫のポシェット、という可愛らしいお出かけスタイルでそう訴えたフレデリカに、ライデンは寝転がっていたリビングのソファから起き上がる。周りでは仲間たちがそれぞれにのんびりと……というか若干だらだらと午後の時間を過ごしていて、要するに全員することもなく暇な時間だ。

連邦首都に来て半月あまり、戦闘がないのは楽でいいが、こういう時間は少し持て余す気がする。

「買い物？」

「うむ。エスコートの栄誉は、先日はシンに授けてやったからの。今日はそなたに賜ろうぞ」

買い物に連れていってもらった、をフレデリカ語に訳すとそうなるらしい。

無駄に偉そうなその物言いに、例のごとく本に目を落としたままシンが薄く苦笑し、ライデンはやれやれと鼻から息を吐く。

「まあ、どうせ暇だからいいけどよ……。で、何買いに行くんだ」

うむ、とフレデリカはなにやら喜色満面だ。

「ぶらじゃあを買いに行くのじゃっ！」

は!? とライデンは顎を落っことした。

後ろで吹き出すのを堪えたシンが、ごふっ、と変な咳をした。

そのまま口元を押さえてそっぽを向いているのは、必死に笑いを堪えているからのようだ。

フレデリカは得意げに薄い胸を反らせている。

「このところ成長の兆しが見え始めての。それも我が身ながら末恐ろしくなるほどの順調さじゃ。この分ならば、来年には豊穣の女神もかくやとなっておろうぞ」

「…………」

残念ながら冬服の布地の厚さを差し引いても、えっどこが？ としか思えない絶壁っぷりだ。

「いや、まだ当分要らねえだろ……じゃなくて、」

過酷を極めた八六区の戦場を生き延びてきたライデンをして、その真実を告げるのはさすがに残酷すぎて憚られた。

「世間ずれしてねえにもほどがあるだろ。そういうのはアンジュなりクレナなりと――」

「あら、呼んだ？」

席を外していたアンジュが戻ってきたので、ライデンは事情を説明しようとし。

それより早くシンが言った。

「アンジュ、買い物に行かないか。荷物持ちはしてやるから」

「えっ、それは助かるけどいきなりどうしたの？」

「いいから」

そのまま背中を押して廊下に出ていってしまう。

あたしも、と言いそびれたクレナがついていこうか迷ってわたわたし、その手を引いてセオが二人の後に続く。

「じゃあクレナは僕と行こうか。でもさあクレナ、今のってすぐ『じゃああたしも！』って言わないといけないとこだよ。そんなんだからいつまでも妹扱いなんだよ」

「ちっ、違うもん！　あたしそんなんじゃないもん！」

「はいはい。シンー、どうせだから四人で映画見に行かない？　なんだっけあの、よくわかんないけどつまんなさそうなの」

「あのよくわからないドキュメンタリーか？　いいんじゃないか。面白くはなさそうだけど」

「……なんでつまらない映画なのにわざわざ見に行きたがるの？　それにライデン君とフレデ

リカちゃんは……？」

不審げなアンジュのつっこみはどうやら流して、四人の会話が遠ざかる。

うっかり呆然としてしまったライデンは、そこで我に返った。

目の前には未来への期待だか希望だかに目をキラキラさせ、買い物に行くのを思いとどまることなど決してないだろうフレデリカ。

廊下の向こうでは玄関の鍵が回り、扉が開いて蝶番が軋む音。

「――ちょっと待て！　おいシン！」

玄関の扉が、無情に閉まる音がした。

五分後。

シンからネタ晴らしされたアンジュがすっ飛んできて、ライデンは災禍を免れた。

徒歩圏内

幸い、シンたち五人は思いの外に早くザンクト・イェデルでの生活に馴染んだらしい。

と、いきなり人数が倍以上に増えて賑やかな私邸のリビングを、広げた新聞紙ごしに見やってエルンストは思う。

とはいえあまりにも長く強制収容所と戦場に閉じこめられていた――平和で文化的な生活から隔絶されていた彼らは、ちょっと……いやだいぶ、感覚がずれている部分もあって。

「あっあの馬鹿やっと繋がった。――おいシン！　お前今どこにいるんだ！　門限とっくに過ぎてんぞ！」

「ライデン、お母さんみたい」

『……お前はおれの母親か何かなのか？』

笑いを含んだクレナのつっこみと、スピーカーにした回線の向こうからのすっげえ嫌そうなシンの声が大体同時だ。

夕食前の、私邸のリビング。ゆっくり食事を楽しむ習慣を取り戻させるため、あえて早めに設定している門限は過ぎ、他の四人は揃っているのだがシンがまだ帰ってきていないのである。キッチンではテレザが気を揉みつつ夕食の仕上げに追われ、ソファの隅では空腹でご機嫌斜めのフレデリカが、先日シンが買ってやったぬいぐるみをぎゅっと抱きしめてぶすくれている。

うるせえよ、と毒づいてから改めてライデンが問う。

「で、お前一体どこにいるんだよ」

『戦没者記念館』

…………なんで？

思わず新聞を下ろしたエルンストの疑念はよそに、少年たちの会話は続く。

「それで携帯端末切ってたのか」

墓所でもあり博物館でもあるので、館内は電源を切るのがマナー。

『ああ。図書館でちょっと面白い記録を見つけて。関連資料が戦没者記念館に展示されてるみたいだし、顔なじみの司書に聞いたらそんなに遠くないっていうから、見てみようかと思って』

シンの言う図書館とはおそらく帝都中央図書館でその名のとおり首都の中心街に、戦没者記念館は首都でも郊外寄りにあるが、双方を繋ぐバス路線が通っているので体感としてはさほど遠くない。

『それで、ついでに他の展示も見てたら、知らないご老体に話しかけられて』

曰く、学生さんかい、いやあ休日なのに感心だねえ、ところでこの戦闘には実は私も参加していたんだけど。

で、そこから、延々、この時間になるまで武勇伝を聞いていたらしい。

途中で館内のカフェに移動し、コーヒーと茶菓子をおごってもらい、何故か途中から学芸員たちまで聴衆に加わって、老兵の話は続いたのだとか。

ライデンがうんざりした顔になる。

「……いやそれお前、適当なところで切り上げろよ」

『話は結構興味深かったんだ。退役するまで前線にいただけあって、学ぶことも多かったし。退役までに倒した敵の数が、言及するたび増えてくのは面白かったけど』

最終的にカフェのマスターが、おじいさん、そろそろ奥様がお家で待ちくたびれてますよ、学生さん、もう帰らないと遅くなるよ、職員お前ら仕事しろよ、とやんわり追い出してお開きとなったそうだ。

「で、この時間か」

『悪い。……なるべく急いで帰るけど、二度手間をかけさせてすまないって、テレザには言っておいてくれ』

さくさくと、石畳に薄く積もった雪を踏む音が幽かに聞こえてくる。すでに記念館から外には出ているようだ。行進曲のテンポと同じ、軍人めいた速い歩調。

とはいえ記念館前からならバスでもかかって一時間くらいか、とエルンストが思っていたら、通話の向こうのシンはさらっと言った。

『三時間くらいかかるかな。雪が降ってきたから、中心街に戻るまで少し時間がかかりそうだ』

「ああ……そっから歩くとなるとそんくらいかかるか。了解。先食ってるぜ。フレデリカが腹ぺこで機嫌悪いんだ」

「いやちょっと待って！」

思わず割りこんだエルンストを、ライデンを含めた五人全員が怪訝そうに見返した。シンは回線の向こうだから正確には違うかもしれないが、明らかにそんな雰囲気だった。

構わずエルンストはまくしたてる。

「その記念館すぐ近くにバス停あるから！ バス乗って！ この時間でも十五分間隔くらいで来るから！」

ちょっと間が空いた。

『……探すのが面倒なんですが』

「三時間歩くのが面倒じゃなくってなんでたった何分かバス停探すのが面倒なの⁉ わかんないなら記念館戻って職員さんに聞いて！ ていうか戻ったらわかるから目の前だから！」

ええー、と言いたげな雰囲気を通話の向こうで発しつつ、一応シンは踵を返したらしい。雪を踏む音が一度止まり、再びさくさくと響いてくる。

「まさかシン、図書館から記念館までの道も歩いてったわけじゃないだろうね……？」

『そうですが』

「それ横を散々バスが走ってってたでしょ!?　バス乗ろうって思わなかったの？　首都在住の市民は無料だって、僕ここに来た時教えたよね!?」

『……ああ』

思わなかったし忘れていたらしい。

『別に、思いつきで足をのばしただけですし、ちょっとした遠出の範疇だと思いますが』

「それが歩きじゃなければね!?　徒歩三時間は、ちょっとした散歩って言わないから！」

そう。

あまりにも長い間、〈ジャガーノート〉とかいうできそこないのフェルドレスしかない戦場に閉じこめられていた彼らは、移動方法の選択肢がその〈ジャガーノート〉か徒歩かの二択しかないのである。でもって〈ジャガーノート〉は〈レギオン〉支配域で失ってしまったので、現状彼らの移動方法は必然的に徒歩一択だ。

バスだの電車だのの公共交通機関を使おうという発想自体がない。

そんでもって徒歩移動の生活が長かった彼らは、一般的な連邦市民よりも遥かに健脚で『徒歩圏内』の範疇も広い。ザンクト・イェデルに来たばかりの頃、「ちょっと散歩に行く」と言うアンジュに付き添っていった案内役の秘書官は、ザンクト・イエデル郊外まで歩かされたあげく小さめの山を登る破目になった。

結局秘書官（二五歳男性）は山頂付近でへばり、膝に手をついてぜえはあ言っている彼を、アンジュはきょとんと見下ろしていたという。

体力があるのは、別にいい。歩くのは体にいいらしいし、健康で何よりだ。

ただ、歩いて三時間を徒歩圏内とか言ってしまうのは、どう考えてもこの先いろいろ問題だ。

「一駅とか歩くのはいいよ!?　でもそれ越えるなら公共交通機関を使って！　せめてバイクか自転車にして！」

というかライデンはバイク便のアルバイトをしてるんだから、徒歩でその距離を移動するのはおかしいと真っ先に認識してほしい。

認識してほしいのだが、残念ながらライデンもまだ怪訝そうにこちらを見ていたりする。

『わざわざ駅まで行くのが、』

「だから！　何時間も歩くより、駅まで行く方が時間短いでしょ！　――ああもう！」

一連のやりとりを聞いていたフレデリカはぽかっと目と口を開いたままで、キッチンからはテレザが落っことした皿の破片を集めている音が聞こえる（気づいたセオが箒を持って手伝いにいった）。エルンストは頭を抱えた。

ああもう、本当に共和国の連中は罪深いというか。

「国交が戻ったら共和国大統領とか、とりあえず僕ぶっとばしていいかなあ⁉」

こんな些細な価値観さえ、大きく狂わせてしまいやがって。

哨戒任務

　野戦服の上から着こんだボディアーマーは厚く重く、それでもようやく飛散する小さな砲弾片を防ぐ程度で、より破壊力の高い小銃弾にはまるで歯が立たない。非力な人間における矛と盾の争いは、現代ではどうしようもなく矛に軍配が上がる。

　まして矛を——火器を持つ側が人間でないとなれば、なおさらに。

「——走れ走れ走れ！　足を止めると死ぬぞガキども！」

　放棄されて久しい廃墟の都市の、風化し劣化したコンクリートの瓦礫の狭間を、教官の怒声に追い立てられた少年少女が必死の形相で駆け抜ける。

　都市迷彩の野戦服は連邦正規軍ではもう使われていない旧いもので、予算がなくて払い下げ品を流用せざるを得ない特別士官学校の学生たちだ。連邦軍主流の装甲強化外骨格ではなくあえて旧式の歩兵装備で戦場に出る、度胸づけの哨戒演習。

〈レギオン〉との戦闘などまず起きない——安全なはずの。

　一〇トンを超す戦闘重量に対してあまりにささやかな、骨の擦れるような駆動音が、滑るように廃墟の建物の陰を縫って迫る。

胴体下部の複合センサが逃げる背中にきろりと向き、二挺の汎用機関銃が旋回、掃射。強力な七・六二ミリ弾が易々とボディアーマーを貫通し、体内に侵入したところで縦に回転、その身に帯びた運動エネルギーを脆い人体内部で余さず解放してうち倒す。

「うわっ、わ、わっ……！」

跳弾とコンクリートの破片が跳ね回る中、まろぶようにしてユージンは斥候型の機関銃弾の散布域を逃れた。掃射に追い立てられてわたわた逃げ惑うその動きは控えめに言っても無様なものだったが、そんなことを気にしている余裕はもちろん彼にはない。

「――ユージン、こっちだ」

〈レギオン〉は廃都市全体に展開しているらしい。そこここで轟く、耳を劈く汎用機関銃の叫喚とアサルトライフルの応射の銃声、怒号と悲鳴の狂騒を、けれどぴんと貫いて静かなその声は通る。夢中で視線を向けた先、瓦礫の陰で手招きする同じ野戦服姿の細身の影。

砂塵に汚れた野戦服とヘルメット、同年代の少年ばかりで似たような体格と、今となってはてんで見分けのつかない同期生たちの中、何故かこの相手だけは彼だとわかる。

防塵用のゴーグルの向こうの、醒めて冷徹な血赤の瞳。

「……シン！」

「早く。斥候型が来る」

急かされるままシンのいる瓦礫の陰に飛びこみ、腕をつかまれてさらに奥に引きこまれて、次の瞬間斥候型の掃射が薙ぎ払う。

一呼吸前に走っていた街路、一瞬前までいた場所に機関銃弾が食いこむさまに、ぞっ、と全身の血が凍った。

対照的に、撃ち尽くしたらしいアサルトライフルの弾倉を交換しているシンは、この状況下でなお、異常なほどに落ち着き払っている。

にわか雨に会った人のように、淡々と天を仰いだ。

「たまに、普段の移動速度よりやけに速く展開してくることがあるとは思ってたけど。仕組みはこれか」

斥候型と対人自走地雷が降ってくる。

斥候型は六足を広げ、自走地雷は獣のような四つん這いで。切り離したパラシュートを蒼穹に置き去りに、地響きと土煙を上げて着地。〈レギオン〉特有の、ほぼ無音の機動で前進を開始する。

「まあ、一〇トン近い砲弾を十数キロ先まで撃ちこむのはとっくに火砲がやってる以上、無茶だけど不可能ではないか。ミサイルにでも搭載して空中投下してるのか……蒸気なり電磁なりのカタパルトで放り投げてるとしたら、結構間抜けな図だな」

どこか呆れたようにため息すらついている。思わずユージンはつっこんだ。

「シン！　ねえ！　そんな冷静な分析してる場合じゃないよね⁉」

「まだマシな部類だ。少なくとも、展開方法が想定した通りならさすがに近接猟兵型や戦車型は投射できない。自走地雷と斥候型だけなら、この数を凌ぐくらいはなんとかなる」

言いながら血赤の視線が側方を向き、同時にアサルトライフルの銃口を向けて撃発。瓦礫の陰から忍び寄ろうとしていた人型の影が、正確に胸部を撃ち抜かれて倒れる。一瞬見えた顔は目も鼻も口もないただの球体で、自走地雷だ。

銃声は一発きり。あちこちでどうにか応戦している仲間たちのように無駄弾をばら撒くだけのフルオート射撃も、脆弱な自走地雷には過剰な三点射も使わず、反動が大きく扱いづらい七・六二ミリアサルトライフルで、正確に。

「……他の奴と連携がとれれば、倒しきれない数でもないけど。できそうな奴はいないようだし、死人を増やしてまで無理をする局面でもなさそうだ」

平然と、言う。呆然とユージンは目の前の相手を見返した。

「……シン。ねえ、」

「なに」

「どうして……そんなに慣れてるんだ？」

戦場に。強大を極め、生身の人間では太刀打ちできないはずの〈レギオン〉との戦闘に。

同じ特別士官学校の士官候補生、……同じ、これが初陣の新兵にすぎないはずなのに。

シンは常の淡々とした眼差しでユージンを見やると、一つ肩をすくめた。

「帰ったら話す」

生きて帰れる、と。ユージンにとっては死の淵に立たされたこの戦闘の中、まるでなんでもないことのように、平静に。当然のように。

死線に立つのなんかそれが日常なんだから当然の、戦慣れた戦士か死神のように。

怪物の殻の向こう

　結局、電磁加速砲型討滅の一大作戦を生き残ったのは、隊では自分を含めて十数名程度だった。

　レンズが罅割れて歪んだ黒縁眼鏡のその砲兵部隊指揮官は、共和国救援のための橋頭堡を構築する喧騒の中を忸怩たる思いで歩む。どこの部隊も、似たようなものとはいえ。

　宿営の一角に見知った顔を見かけて歩み寄る。

「機甲の。そちらも無事だったか」

「俺はな」

　含んだ言い方に、足を止めた。よく見るまでもなく、作戦終了後しばしば彼に絡んで鬱陶しがられている、年かさの随伴歩兵部隊指揮官がいない。

　年若い機甲部隊指揮官は、最前までなんとも言えない目を向けていた方向に、なんとも言えない顔のまま顎をしゃくる。

「もし連中も無事だったら、……お前らがもっと早くあの化物を撃破してればって、言ってやるつもりだったんだが、」

その、しばらく前のことである。

「……ん」

ノルトリヒト戦隊に割り当てられた一角の隅、うずくまっているファイドの巨体にライデンは足を止める。正確にはそのファイドの傍らにいる細身の影に。

ファイドが陽を遮って陰になったそこで、秋の陽で温められた煤けたコンテナに寄りかかって、シンが寝息を立てていた。

まったくこいつは……とライデンは肩を落とす。

作戦終了後、知覚同調で話したシンはそれまでの危うさが綺麗さっぱり消え失せていて、何があったのかはまったくわからないが彼なりに整理がついたのだろう。それでおそらく少し気が抜けて、……ここ数日の行軍の疲労と先の戦闘での極限の集中の反動も相まって、つい寝入ってしまったというところか。

本人としては、ちょっと一息つくくらいのつもりだったのだろう。陽が出ていて暖かい昼間の、自軍の宿営の中とはいえ、無防備に寝こけている様子にため息が漏れる。

……まあ、でも確かに疲れたし、今はいい天気で。ライデンを含めた戦隊の全員が〈ジャガーノート〉をぶっ壊してしまったせいで、今はできることなど何もなかったりもする。

休める時に休んでおくのも、備えのうちか。

「ファイド、俺も隅の方借りるぜ」

「ぴっ」


「あーっ‼　ファイドあたしも、あたしもーっ‼」

「あら、いいわねお昼寝。私もいれてね、ファイド」

「僕も寝させてもらおうかな……。ファイド、そっちまだ入れる？」


「……あら？」

後方から文字通り飛んできた整備班がフル回転で〈ジャガーノート〉の修理にあたっている中、見守っていたグレーテは横を通り過ぎた小さな人影に振り返る。

見ればフレデリカが、軍の支給品である毛布を小さな体で何枚も抱えて、えっちらおっちら歩いていくところだった。

「どうしたの？　大荷物で」

「おお、グレーテか。無事で何よりであったぞ。……なに」

目の詰まった毛布はそれなりに重い。非力な細腕をぷるぷるさせつつ、フレデリカは少し得意げに、どこか安堵したように肩をすくめた。

「世話の焼ける兄様姉様どもじゃと、ただそれだけのことじゃ。そなたの手をわずらわすことではないゆえ、気にするでないぞ」

砲兵部隊指揮官は、機甲部隊指揮官が示す先を見やって言葉を失う。

見慣れない形式の、おそらく輸送用だろう無人機の作る陰の中で。ようやく十代半ばを越えた程度の少年少女たちが五人、寄り添いあうようにして眠っていた。

疲れ果てているのだろう、周囲の喧騒に目を覚ます様子もない。気遣った誰かがいたものか、少し不器用にそれぞれ毛布が掛けられていて、よく見れば彼らの部隊のマスコットらしい少女が一人、五人の中央にいる黒髪の少年と同じ毛布に潜りこんで寝息を立てていた。

こんな、言ってしまえばまだ子供の少年兵たちに。

連邦の、人類の未来を、背負わせてしまっていたというのか――……。

「ガキだガキだとは聞いてたけどな。……なんのことはねえ、本当にただのガキどもだった」

共和国の化物、などではなく。

ぶるりと機甲部隊指揮官は身を震わせた。込み上げた何かを、俯いて隠す。

「ちくしょう。こんなの、何も言えるわけねえだろうがよ……！」

お門違いも甚だしいと、どうしようもなく。わかってしまうから……。

眠る少年たちはもちろんそれに反応することはなく、ただ丸い光学センサをこちらに向けた無人機だけが、ぴ、となにやら電子音を鳴らす。自らに寄りかかって寝てしまった飼い主の幼子を見守る大型犬が、近づく者を穏やかに牽制するかのように。

見返して砲兵部隊指揮官は口を開く。

「機甲の。行こう。この作戦の最大の功労者は彼らだ。その休息の邪魔をするわけにはいかない。だが次は、……次こそは、お前たちの手は必要ないと、彼らに言ってやるとしよう。そのための努力を我々はしてきて、これからも積み上げていくのだから」

「……ああ」

俯いたまま、機甲部隊指揮官は淡く笑った。

「そうだな。ガキがでしゃばんなって、……あのガキどもに、次こそ言ってやらねえとな」

死神meetsバカ兄貴&堅物な親戚の兄ちゃん

　季節はすでに冬にさしかかる頃だというのに一面咲く花は春の菜の花の金色で、放棄された市街地での戦闘の途中だったはずなのに、そこはどこまでも蒼穹(そうきゅう)を遮るものがない平原だった。無駄にのどかな風景の中心に、ぶち壊しな二機の鉄色の巨影はでんと鎮座している。

「……どうした？　シン。顔色が悪いぞ」

　全高、実に四メートル。それ自体凶器のような重量級の車体に威圧的な一五五ミリ戦車砲を備え、流体マイクロマシンの銀色の手をわさわさ生やした重戦車型(ディノザウリア)が言う。

「具合でも悪いのか？　シンエイ。体調管理は戦士の基本、俺との戦が終わったからと気を抜きすぎなのではないか。ノウゼンの名が泣くぞ」

　こちらはさらに巨大な全高一一メートル全長四〇メートル、八〇〇ミリレールガンを背に負った電磁加速砲型(モルフォ)が続ける。

　なんだこれ。

　内心つっこみをいれたシンには構わず、二輛(りょう)の〈レギオン〉は外見に見合わない極めて和やかな調子で会話を続ける。一人と二機の間を、ひらひらと紋白蝶（もんしろちょう）なんかが飛び去っていく。

「その辺の話、シンにはまだしてなかったんだよなぁ。八割がた父さんと母さんののろけ話で若干うっとうしいし」

「そこは話しておいてやるべきだろう……。父君と母君を失い、その上二人の系譜も知らぬのは、拠（よ）って立つものを一つ奪われているのと同じことだぞ」

「それもそうか。じゃあ……」

いそいそとこちらを向いて（多分）、何か言いかけた重戦車型（ディノザウリア）の言葉をぶったぎってシンは言う。

「兄さん」

「ん？」

「せめて生前の姿で出てきてくれないか」

「そう言われてもなあ……これはこれで、ある意味生前の姿だし」

死にたてで取り出された脳の、それもコピーを『生きてる』の範疇（はんちゅう）に入れないでほしい。

「俺などすでにお前に年を追い越されてるんだぞ。四つも年下だったくせに、業腹（ごうはら）じゃないか」

そんなのは知ったことじゃない。

「さすがに話しづらい。それと首が疲れる。どこ見て話していいのかわからない。そもそも完全に死んでるんだから、もう出てこなくていい」

「お兄ちゃん可愛い弟が心配で」

「出てくるな」

きっぱり言うと、レイはしみじみとため息をついたらしい。

「……昔はお兄ちゃんお兄ちゃんっておれの後ろをついて回ってたのに。すっかり昔の無邪気さがなくなったよな」

「誰のせいだと思ってるんだ」

メガトン級のカウンターパンチを喰らい、レイはしおしおとうなだれた（砲身と車体が最大まで俯角をとった）。

やれやれとキリヤはため息をついた、のだろう。電磁加速砲型の巨大な一対の槍のような砲身が、ぶんと風を切って上下に揺れる。

「まあ……兄としては弟が心配になるのはわかるが」

「そうだろ？　うちの弟可愛いだろ？　いいだろうやらないぞ」

「要らん。というか、誰もそんなことは言っていない。はっきり言おう、可愛げはない」

「そうかなあ……。今のツンツンしてるところも、それはそれでお年頃って感じで可愛いじゃないか。そういえば、キリヤもそういうところあるよな。恰好つけて肩肘はってるというか」

「…………試射ついでにぶっ飛ばしてやればよかった…………」

「はっは、無理だな。おれのが上位指揮官機だったから」

「ちっ……」

兄バカ丸出しででれでれ喋っている重戦車型と、それに露骨に苛々する電磁加速砲型と。

気力を根こそぎ削がれるというか、もう見ているだけで疲れるというか。

わずかな間にすっかり嫌になってシンは言う。

「……兄さん」

「ん？　どうした、シン」

「そろそろおれ、起きてもいいかな」

「ああ、うん。今日もがんばれよ」

「姫様を頼むぞ。怪我などしないようにな」

情景もろとも消えていく最後の一瞬だけ、砂漠迷彩の野戦服と黒と赤の軍服の人影が手を振っていたのが、正直非常に腹立たしかった。

目を開けると、兵員宿舎用シェルターモジュールの無機質な天井が見えた。トラックで大量輸送可能、かつ数名の兵員で展開可能な、折り畳み式の居住空間。

同じ共和国救援部隊の同じ戦隊ということで、同じ宿舎を使っているライデンが覗きこんで言う。

「……お前、なんかうなされてたぞ」

「だろうな」

簡易寝台に身を起こし、寝すぎでもないのに痛い頭を押さえてシンは応じる。まったく。

あんなふざけた登場をしないでくれれば、……特に兄には、言いたいことが沢山あったのに。

這い飛ぶ大鳥

さすがに、と言うべきか。〈ナハツェーラー〉は全損したらしい。

「……グレーテは、どうやら二番機を造らせようとはりきっておるらしいがの」

久方ぶりに帰ってきた第一七七師団基地の格納庫は、奥のシャッターが開け放たれたまま、その塒の主を二度と迎えることはない。

その空虚な暗黒を見ながらフレデリカが言い、シンはちょっと沈黙する。

どうも、あの中佐殿は、悪い人間ではないのだが。

「あれをまた造っても、もう使い道がないと思うけど……」

あまりにも使用条件が限られている。

というか、そもそも本来は陸上で使うものではないと思い出してほしい。

「製造費に見合う価値があるとは、もう判断されないだろ。製造設備も残ってないらしいし」

「そもそも名前も悪いからのう。己が影を引きずって這う吸血鬼の……死人の名前など。死と隣りあわせの戦場に立つ兵器の名にはいかにも不吉じゃ」

「…………」

それを言うなら〈レギンレイヴ〉も、戦神の軍勢に加えるため優れた戦士を戦場で刈り取る死告げ姫(ワルキューレ)の名前だ。

世界を滅ぼす巨狼(きょろう)の別名である〈ヴァナルガンド〉、狂戦士の名を冠された装甲強化外骨格(アーマードスケルトン)〈ウルフヘジン〉など、連邦の兵器のネーミングはなんというか、護国の兵器としてそれはどうなのかと思わなくもない。

〈ジャガーノート〉——救済の名の下(もと)に信徒を轢(ひ)き殺(ころ)す異形の神の名を冠した、共和国も大差ないとはいえ。

「試作段階の名称案だと、別のもあったみたいだけど」

基地に帰ってきてから、当時の資料を整備班長に見せてもらった。

企画して軍に売りこんだのは、当時は軍用機メーカーだったＷＨＭ——ヴェンツェル・ウント・ハインリヒ・モートーアス会長であるグレーテの父親だったそうで、……父娘揃(おやこそろ)ってちょっとアレというかなんというか。

「ほう？　ちなみに何じゃ？」

「イオハノヤタニヤクモノミマトリ」

間が空いた。

「ミミャ……なんじゃと？」

「イオハノヤタニヤクモノミマトリ」

「ヤタニャク、モノミミャ……」

「イオハノヤタニヤクモノミマトリ」

「イオハニョ、ニャ……言えるかっ！　なんじゃそれは！」

「そんな風に噛むから、軍用機の名前としては不適格だろうと」

いくら作戦中はコールサインで呼ぶものとはいえ。

「むしろそなた先程からよく噛まぬの⁉」

「自分でもそれは驚いてる」

別言語圏の単語なせいで、どこで切ればいいのかもわからないのだが。

「元は極東の伝承だか小説だかの大鳥の名前らしい。這うように飛ぶ大きな鳥なのはぴったりだったけど、さすがにマニアックすぎて、却下されたんだそうだ」

「言いだした者の趣味丸出しではないか……公私混同がすぎるであろ……」

呆れ顔のフレデリカに、シンは淡々と肩をすくめてみせた。

言いにくい上に読みにくい、大鳥の名前が当時の開発現場で却下された理由は、あと一つ。

「あと、これを制式名称にすると、絶対にマスコットにニャーニャーミャーミャー言わせて遊ぶ奴が出てくるだろうからって」

「……⁉　今まさにそなたがやったな⁉　というかそなた最初からわかっていてやったのであ

るな‼」

それはもちろん。

先程からこっそり笑いを堪えているのに、どうやらフレデリカも気づいたらしい。怒りに煌めく、自身と同じ血赤の双眸を見下ろしてシンは言う。

「ちなみにもう一度」

「イオハニョニャタニャモニョミミャトリッ！　どうじゃ文句があるか痴れ者め！」

開き直った大声でフレデリカは堂々と噛み、シンはとうとう堪えきれず吹きだす。

ちなみに〈ナハツェーラーⅡ〉の製造計画と予算は、満場一致で却下された。

費用対効果が低いことに加え、二号機建造にあたり追加された『合体・変形機能』だの『機首に設置する超大口径砲』だのが、却下の主な理由だった。

いたずら（レーナ→シン）

男女共用の設備とはいえ一応ノックをして扉を開けると、奥のベンチでシンが寝ていた。

意外な光景にレーナはまばたく。第八六機動群本拠、リュストカマー基地の第一格納庫の、プロセッサーのロッカールーム。そういう癖でもあるのか腕を組んで壁に軽く背を預けて、静かな寝息をたてている。

少し目を瞠ってからレーナは破顔する。

裏の演習場での一晩ぶっ続けの夜間戦闘演習が終わって、デブリーフィングを終えて。そのあと見かけないので、どこに行ったのかと思っていたら。

昨晩の演習ではシンは部隊の先任として、ぶっ通しで仮想敵機役を務めていた。生き残ったプロセッサーの誰よりも長い戦歴を持つ彼でも、さすがに、疲れたらしい。

二年前に半年程度の交流はあったものの、寝ているシンというのは実はこれが初めてだ。何しろ当時レーナとシンとを繋いでいた知覚同調は、どちらかの意識がない時には同調できない。シンが眠っている時には、そもそも繋がりもしないのである。

新鮮な気持ちでレーナは歩み寄る。万が一にも休息の眠りを妨げないように、パンプスのヒールの音は可能な限り忍ばせて。
前にしゃがんで、わずかに俯いたその寝顔をしげしげと覗きこんでみた。

寡黙な性情ゆえか、時に突き放して見えるほどに冷徹な表情をするシンだが、眠っている顔はその冷徹が消え失せて存外に幼い。単に年相応なだけかもしれないが、……つまりはそれだけ、普段は気を張っているということだろう。レーナと同じ十代後半の、まだ子供といわれる年齢に相応しからぬくらいに。

そう思えばここは一度起こして、きちんと部屋で休むように言うべきなのだろうが——ちなみに今日は一日休養日である——、こうしてすっかり寝入ってしまっているところを見ると、起こすのもなんだか忍びない。何故だかまだ起こしたくない気持ちも後押しして、レーナはその静かな寝顔を無言のまま見つめ続ける。

人馴れぬ野生の獣のように、寝ているところなんて見たことがない。

起きている間はこんな至近距離で、まっすぐ見つめるなんて恥ずかしくてとてもできやしないから、こんな風にじっくり眺めるなんて初めてだ。

旧帝国貴種の特徴なのだという白皙の、端整な面立ち。それと知らなければ、演習そのままの機甲搭乗服姿でなければ、軍人だなんて思えないくらいに。

あ、意外と睫毛長い。

思いながら無意識に手を伸ばした。今は静かに閉ざされた、レーナとは色の違う睫毛が縁どる薄い瞼に。左目の上にごく薄く傷痕が残った額に。少年の儚さから大人の男性の精悍に移り変わる過渡期の頬のラインに。

触ったら。

どんな感じがするんだろう……？

突然部屋の逆端の、シャワールームの扉がばんと開いた。

「あー！　さっぱりした！　……って……」

まだ水滴の滴る赤い髪もそのまま、下着もつけていない豊満な肢体に、タンクトップ一枚と搭乗服の下だけを引っ掛けてテンション高く出てきたシデンが、そのままのテンションでにかっと笑う。

「おっなんだ女王陛下イタズラするとこか？　あたし出てこうか？」

真っ赤になってレーナは後ずさった。ほとんど一瞬でロッカールームの入口まで。

「ちっ違います！　わたし別に、ちょっと鼻つまんでみようかなとかほっぺたぷにってやってみようかなとか、そんなことぜんぜん考えてません！」

「……いや、まさかそんなガキのいたずらだとはこっちも思ってなかったんだけど」

「あっ、あっ、わたしあの、いい天気ですし鉢植えの情報端末にお水あげて設定途中の猫を梳かしてあげないといけないので！　失礼します！」

支離滅裂なことをのたまいつつ、耳まで真っ赤になって鮮血の女王はロッカールームを駆けだしていった。よほど動転したのか途中三度ほど派手にすっ転び、パンプスの足音が猛スピードで廊下を遠ざかっていった。

見送って、シデンはロッカールーム内に目を戻す。

「さて。起きてんだろ色男」

果たして色違いの瞳を向けた先、シンは無言のままその血赤の双眸を開いた。

「いつから起きてた？」

「目の前であれだけ大声出されたら、嫌でも目が覚める」

よくわからないが多分ここで目を開けたら余計面倒なことになる、と察したので狸寝入りを決めこんだが。

一方でシデンはにやにやする。

「フ――――――ン」

シンは嫌な顔をした。

「……なに」

「別に？　ただ、もし近づいたのがあたしだったら、お前もっと早く起きてたんだろうなって」

「…………」

揶揄の響きを聡く感じ取ったらしい。不愉快げに目を眇めたシンに、シデンは気にも留めずににんまりと笑った。

「気配殺すのはあたしのが上手いはずなのにな。っていうか女王陛下気配殺すとか全然できねえのにな。……ずいぶん気ィ許してんじゃねえか。あの、東部戦線の死神ちゃんがよ」

いたずら（シン↓レーナ）

研究室の扉がスライドして開くのに顔を上げたアネットは、レーナを見るなり変な顔をした。

「……どうしたのその髪」

「ええ……わたしもよく、わからないのだけれど……」

言いながらレーナは首を傾げる。

顔の横でするりと流れた、少し前までは色粉で血の真紅に染めていた一房は、今は彼女はそうした覚えもない三つ編みにまとめられている。

「どうしてか、起きたらこうなっていて」

その、しばらく前のことである。

慣れない電子書類に事務処理が滞り、仕事が溜まりに溜まった結果数日寝てないというレーナを見かね、彼女の執務室の応接セットで作業を手伝っていたシンは、背後の執務机でレーナが立ち上がる気配に顔を上げる。

少し寝ていろと勧めたにもかかわらず、悪いからと机にしがみついていた作戦指揮官殿は、今はなにやら瞼がとろんと落ちきり、普段凛と伸ばしている背も猫背になって、ついでにあからさまにふらふらしている。

眠そうとかそういうのを通り越して、もはやホラー映画のゾンビみたいな生気のなさだ。異様なというか、どうみても何かの限界を突破して理性を保てていないその様子に少々気おされつつ、シンは声をかけてみる。

「……レーナ？」

「シン……ちょっと、背中を貸してください……」

……は？

怪訝に思う間もなく、軍服の背に軽い体重が寄りかかる。動けないままどうにか視線を向けた先、ソファの傍らにちょこんと腰を下ろしたレーナが、肩の少し下あたりに小さな頭を預けて既に眠りこんでいる。

伝わってくる自分より低い体温とかすかな寝息、ふわりと香るレーナのすみれの香水に、さしものシンも一瞬フリーズする。ええと。

……まあ、いいか。

動けないのは戦闘中の潜伏で慣れている。コンマ一秒で思考を放棄し、シンはしばし状況にていいるのはいかにも手持ち無沙汰だ。

甘んじることにした、のだが、シンの担当分はもう少しで終わる。その後もこのままこうしていいるのはいかにも手持ち無沙汰だ。

さて、と宙を仰いだ血赤の双眸に、ふと、そのぎんいろの色彩が留まった。

指揮官執務室の重い扉を少し苦労して開けて、その光景を見やり。

フレデリカは呆れて立ち尽くす。

「シンエイ……そなた、何をしておるのじゃ……？」

「いや……その……それは見ればわかるのじゃが……」

「暇だから」

背中にレーナが頬を寄せるようにしてぴったり寄りかかって寝息をたてているので、それは当然動けないだろう。それはまあ、別にいい。

つっこみを入れたいのは、寄りかかられた肩口から零れる白銀の髪の一房を、シンが延々と、延々と、延々と三つ編みにしていることである。

自身は髪の短いシンは、三つ編みのスキルなど身に着けてはいないのだろう（というかフレデリカの髪を毎朝梳いていて、幼い主君の要望にも応えるべく簡単な結い方くらいは心得ていたキリヤ、なんでも器用にこなすライデンに、頼んだが最後極めて複雑な髪型に挑戦したがるセオが珍しい部類なのだ）。明らかに不慣れな手つきでゆっくりと、長い銀糸の髪を先まで編み、編み終えるとするするとほどいて、またゆっくりと編み始める。

手入れの行き届いた髪の手触りを楽しむように。愛おしむように。

……髪に触れるのは、褥を共にするよりも深い愛情表現だというが。

「……………………嬉しそうだの」

「ああ」

無意識にだろうがさらっと認めやがった。

呆れ果ててフレデリカはため息をつく。

「……動けぬならアンジュか誰か呼んでやるゆえ。少し待っておるがよいぞ」

「ふぅん……？」

眠りこむ前に何があったのか、レーナ自身も覚えていないらしい。

しきりに首を傾げているレーナに、アネットは眉を寄せる。とりあえず。

「ほどけば？　それ」

なんというか、そう言いたくなるくらい酷い出来の三つ編みだ。

そもそもきちんと三等分にしていないし、縒れているし捻じれているし。途中で編む順番がわからなくなったのか、何か所かは編み目が不揃いになっている。……不器用なのか、よっぽど不慣れだったのか。

全体にまるで小さい子供が編んだような、ひどく無様な三つ編みだ。

「そうなのだけど……」

言いながらレーナは三つ編みにされたその一房をすくいあげる。

不慣れな子供が編んだような無様なそれを、困惑したように。けれどどこか、愛おしげに。

「……なんだか、もったいないような気がして」

女王陛下、トレーニングをする

紺青(こんじょう)と雪白の爽やかな色合わせのジャージとTシャツに、おろしたてのぴかぴかのスニーカー、日に焼けていない太ももが大変眩(まぶ)しいショートパンツ。

機動打撃群の酒保限定の『86』の染め抜きのタオルを首にかけて、でかでかと『レーナ』と書かれた胸元のゼッケン。

「……レーナ、どうしたんですか、その恰好(かっこう)」

機動打撃群本拠、リュストカマー基地の演習場。見慣れない服装をした作戦指揮官殿に、シンはまばたく。彼自身はつい先ほどまでの身体練成訓練(PT)のため、連邦軍の戦闘服姿だ。

レーナは普段とは違う服装をした少女に特有の、やたらはしゃいだ様子でうきうきと言う。

「体操服です！」

「それは見ればわかります。そうではなくて、戦闘要員のPTは、さすがにレーナには厳しいですよ」

軍服と一口にいっても式典時の正装に日常の勤務服、訓練や実戦用の戦闘服や搭乗服と様々にあるが、建前上『人間の戦闘要員』のいない共和国軍では、戦闘服が廃されて存在しない。それゆえの体操服姿なのはわかるのだが、指揮官のレーナと、シンたちプロセッサーとでは体力も体格もまるで異なる。ついてこられないどころか、まず間違いなく体を壊す。

「大丈夫です。別メニューを組んでもらいましたから」

「ならいいですが……どうして突然、トレーニングをしようと？」

体力はあるに越したことはないが、現時点でも別段、指揮に影響はないのだが。

とたんにレーナはうろたえて視線をさまよわせた。

「ええと……それは、その……」

なにやら恥ずかしげにその白銀の瞳をあちらこちらに向け……怪訝な目を向けたままのシンに、意を決した様子で言った。

「実はわたし………太っちゃったんです！」

え、どこが？　とシンは思った。

戦場育ちのエイティシックスは、女子だろうとかっちり筋肉がついている。

それを見慣れたシンからすれば、レーナはむしろ細すぎるくらいだ。食事の量は、あれで本当に足りているのだろうかと時々ちょっと心配になる。

シンの内心などもちろん知らずに、レーナは握り締めた繊手を上下させつつ力説する。

「連邦に来てから、ご飯が美味(おい)しくって！　だってお肉もパンもお野菜も、本物ですし……」

生産プラントの合成培養の食糧しかなかった共和国とは異なり、連邦では天然の食材が流通し、特に軍には優先的に回されてくる。

「食事の時間も賑(にぎ)やかで楽しいですし、だからつい、食べすぎちゃって、それで」

「昨日の塩漬け豚肉(アイスバイン)とソーセージの煮こみは旨(うま)かったですね」

「ええ、お肉のこってりと、発酵キャベツ(ザワークラウト)とマスタードの酸味がなんとも……じゃなくって！」

ついつい乗せられて頷(うなず)いてから、我に返ってレーナは詰め寄る。何故(なぜ)かちょっと涙目で。

「シンだって、女の子はもっとこう……細くって華奢(きゃしゃ)な方がいいでしょう⁉」

「いえおれは」

うっかりつられて答えそうになってしまい、慌ててシンは口を噤(つぐ)む。危ない。

ところでレーナはレーナで割と爆弾発言をしているのだが、二人は揃(そろ)って気づかない。

「だから運動してダイエットです！　夏には一味違ったわたしになります！」

なぜ夏。

と、戦火の苛烈に平和だった頃の記憶の大半を削(そ)ぎ落されてしまった――つまり、夏のイベントのド定番がなんだったかについても、地味に思い至れなくなってしまっているシンは思う。

「運動自体はいいと思いますが……くれぐれも無理はしないでください。体を壊したら元も子もありませんから」

「あ……はい。そうですね。ありがとうございま……」

「ちなみに今日の昼食は子牛のパン粉焼き（シュニッツェル）です。やりすぎると入らなくなりますよ」

「……シンのいじわる！」

　ぷっと頬を膨らませて一人演習場へと駆けていくレーナを見送り、……慣れない運動で無理をしそうになったら止めてやろうと、シンはその場に腰を下ろす。

HELP!（レーナの場合）

一般に、男性は女性よりも力が強い。

それはレーナもわかっていたつもりだったが、まさかここまで抵抗もできない、抱きすくめられたら身動きもとれないくらいだったなんて。

狭いベッドの上、互いに横向きの体勢でシンの腕の中に閉じこめられて、レーナは動けない。体の上を通って背に回る、かっちりと筋肉のついた腕は酷く重い。二人分の体温が熱い。自分の顔も。どうしてこんなに、火がついたみたいに熱いんだろう。

頭上で幽かに聞こえる寝息が、無性に耳について心臓がうるさい。

部屋の入口から覗きこんだアネットが、呆れとうんざりが等分に入り混じった顔で問う。

「……何やってんの、レーナ」

「助けてください」

「ごちそうさま」

何が。

「ていうか、もしかしてごちそうさまされちゃった後だったりするの？　お赤飯炊こっか」

「違います！　これは……」


三十分ほど前。

リベルテ・エト・エガリテ駐屯基地の廊下を歩いていたレーナは、オフィス区画でもプロセッサーの居住区画でもない人気のないそこを、ふらふら彷徨っているシンに遭遇した。

先のシャリテ市地下ターミナル制圧戦での知性化〈レギオン〉増加の影響で、シンはここ数日体調を崩し、起きていられずに終日うとうと眠っている状態が続いている。起きだしているあたり今日は多少ましな体調のようだが、よく見なくても目が半分も開いていない。足取りもおぼつかないし、タンクトップの上から羽織ったタオルも小さな子供みたいにずり落ちている。

端的に言って、寝ぼけている。

「シン」

呼びかけてようやく、シンは目の前のレーナに気づいたらしい。

「……レーナ」

「どうしたんですか？　こんなところで」

「いえ……眠気覚ましにシャワーを浴びてきたんですが、妙にぬるくて余計眠くなって……」

「……今、シャワー、壊れてるんです」

連邦軍にとっては所詮は一時駐屯の基地なためか、ここの設備は割と適当だ。

ともかく、と、レーナはすでに半分眠っているような相手を見上げて苦笑した。

「シン、……ひょっとして道に迷ってませんか？」

少なくとも、ここはシャワー室とシンの居室の経路上では全くない。

言われてシンは開ききらない目のまま、改めて自分のいる場所を見回した。

「…………………ここ、どこですか？」

やっぱり。

「部屋まで案内しますから、ついてきてください」

で、小さい子供にそうするように手を引いてやるとシンは素直についてきて（もはや歩きながら舟を漕いでいて、全く頭は回ってなさそうだった）、居室に連れていってベッドに寝かせてやって。そこまでしてやる必要はないのに、お姉さん気分で上掛けをかけてやったりなんかして。

「それじゃ、夕食の時間には起こさせますから。……おやすみなさい」

とか言って立ち去ろうとして。

……浮かれたレーナはすっかり忘れていたが、その日シャワーは壊れていてぬるま湯しか出なくて、つまりその時シンは、体が冷えていて。

肌寒くてその上思いっきり寝ぼけた人間が本能的に暖を求めるのは——目の前の暖かさを手放すまいとするのは、まあ、多分、仕方のないことで。

ひょいと手をつかまれた。

と思ったら次の瞬間にはベッドに引き倒されていた。

「え、」

あれよあれよという間に抱きすくめられて、そのまま眠りこまれてしまって。

「ええ～～～～!?」

聞き終えたアネットは、ご機嫌ななめの猫のような半眼だ。

「で、見事湯たんぽ代わりにされちゃったってわけ。……どうすんの、それで」

「そっ、そもそも、シャワーが故障して自分の任務を果たさなかったのが全ての原因です。なのでまず、シャワーに罰を与えねばなりません……!」

「……大分パニックね。そうじゃなくて、普通に抜け出せばいいんじゃないのって」

「そうなんですけど。だって、動いたら起こしちゃいます……」

抱きすくめられて顔が上げられないからシンの顔は見えないが、聞こえる静かな寝息は至極安らかだ。せっかく深く寝入っているというのに、妨げてしまうのは忍びない。

「へーえ。……本当にそれだけ？　ちょっと、もったいないとか思ってない？」

「それはっ……」

無言でフレデリカが入ってきて、乱暴に上掛けの上に毛布をばさばさ落として広げた。暖かくなったためだろう、腕の力がふっと緩み、レーナはその拘束からどうにかもぞもぞ抜けだす。

「あ、ありがとうございます……ふぇぇ……」

そのまま真っ赤な顔でへたりこんだ彼女を見下ろして、二人は深々とため息をついた。

幸いというべきか、翌日さりげなくフレデリカが確認したところ、シンは覚えていなかった。

盃に射す影

廃墟の満月の光は煌々と明るく、その下で淡い紅色の花弁を無数に重ねた桜は、仄かに光を孕むようだ。

共和国東部戦線第一戦区、スピアヘッド戦隊の担当戦区。その廃都市の、瓦礫に埋もれたメインストリートだ。街路の両側にずらりと並んだ桜の大樹はどれも見事な満開で、共和国特有の広くまっすぐな道を、薄花桜の天蓋がどこまでも覆う。

見上げると青い月光の中、枝を離れた花弁が雫のようにはらはらと散る。風のない、獣も眠る春の夜。無音の月闇にこそともそよがぬ薄紅の花の群は、そうしていると何か性質の悪い魔物のようだ。

人の心を永久に、奪い去る。

適当な高さの瓦礫に掛け、ここまで乗ってきた〈ジャガーノート〉を背後に、シンはその静謐な蠱惑を見上げる。

花見をしよう、と、人知れずひっそり咲いていた桜を見て言ったのはカイエだ。彼女のルーツである極東の風習なのだという。花を愛で（め）、酒を楽しむ。四季の移ろいを愛したという彼女の民族の、春の行事。

共和国で生まれ育ったカイエ自身もそれ以上の詳細は知らないそうだけれど、少しでもそれらしくしようと、極東の酒器をどうにか探し出して。

盃（さかずき）、という見慣れぬ平たい形の酒器は、長年金属の食器に慣れた手には薄紙のように軽い。木を削り、特別な塗料を塗って仕上げたものだという。漆と呼ばれるその艶（つや）やかな塗料は吸いこまれるように黒が深く、注がれた水のように透明な酒に花の影が映りこんでいた。

一口含むと、喉を灼（や）く酒精の刺激と、芳醇（ほうじゅん）な甘み。穀物の甘さだと、最近少しわかるようになった。

く、と一息に盃（さかずき）を干して、マシューが言う。碧霄種（ラズイール）の濃い金髪に、宵菫種（アイオラ）の青紫（あおむらさき）の双眸。雪豹（ゆきひょう）のような鍛えられた体躯（たいく）と長身。

「——旨（うま）いな」

口数の多い方ではないシンでさえも寡黙すぎると思う、極端に無口なスピアヘッド戦隊機銃手の少年の、端的な感想にシンは淡く笑う。

「なら、探してきた甲斐（かい）があったな」

「知らない味だが——旨（うま）い、と思う」

「なんか、ふわふわするねぇ」

小さな盃を両手で持って、胡桃色の三つ編みを揺らしてミナが笑う。小柄で幼げな外見に見合わず、戦隊では前衛を担当する少女だ。

「……お前ひょっとして、酒弱いんじゃないか？　あんまり飲みすぎるなよ」

クジョーが苦笑しつつ自らの盃を呷った。格納庫の黒板に退役までの——戦死までのカウントダウンをでかでかと書き記した陽気な巨漢は、妹分とは違ってそれなりに強いようだ。

「もう遅いかも～。なんか、クジョーが回ってるから～……」

「ったく……」

「えへへ～」

「まあ、とっくに出来上がっているあちらに比べればマシなんじゃないか？」

桜並木の向こうをちらりと見やって、カイエが苦笑する。

視線の先ではすっかり酔っぱらった様子でダイヤとハルト、キノとトーマが奇妙なダンスを踊り、他の戦隊員たちが男子も女子も入り混じって、わぁわぁとそれをはやし立てている。

こそこそ隠れようとしたチセの手を無理やり引っ張り、クロトが不思議な踊りの輪に加わる。

わぁっ、と一際大げさな喝采が沸き起こる。

どんちゃん騒ぎ、という語そのままの、羽目を外しまくった仲間たちのはしゃぎっぷりに、そもそもの立案者であるカイエは複雑げだ。

「花見とはあくまで桜を楽しむのが主で、酔って騒ぐのが目的ではないのだがな……。だいたいあいつら、いくらなんでも酔っぱらうのが早すぎないか？　飲み慣れてない、というか、初めて飲む酒とはいえ」

人権のない人型の家畜と定義され、日々の食事にさえ無味乾燥な合成食糧しか与えられないエイティシックスに、嗜好品など配給されるはずもない。

「まあ、楽しそうだから、いいんじゃないか」

「……今、どうでも、が前についただろう、シン。前々から言おう言おうと思っていたのだが、そういうのは相手に伝わるのだぞ」

頭上の桜よりも少し色の濃い、珊瑚色の唇を尖らせ、それからカイエは苦笑するみたいに笑った。

「でも、たしかに楽しかったな。みんなで集まって、盛り上がって騒いで。私たちはもうずっと、何年も戦闘ばかりだったけれど、こういう時は」

戦闘の合間の、束の間の。他愛もないやりとりや些細なイベントを。仲間たちと過ごす時間を、楽しむのは。

クジョーが男くさい顔でにかりと笑う。

「おおよ。だって、笑えなくなったら負けだもんな！」

「だもんなー！」

その巨軀にじゃれついていたミナが元気よく両手を天に突き上げる。すっかり酔っぱらっているらしい彼女の向こうで、珍しく、マシューが口の端を吊り上げるのが見えた。

ダイヤとハルトがタコ踊りを中断して歩み寄ってくる。

「おっ、なになに？　なんか呼ばれた俺ら？」

その顔が、ほのかに赤い。

口調もわずかに締まりがなく、表情は緩んで足元も微妙にふらついている。生まれて初めての酒にすっかり酔っているようだ。

座った姿勢からはずいぶん高い位置にあるその面を見上げて、カイエが顔を顰めてみせる。

「お前たちが騒がしいという話をしていたんだ、ダイヤ、ハルト」

「えーだって」

ダイヤはへらへらと片手を振る。

「テンション上がるじゃん。こういうのってさ。なんつーかこう、お祭り！　って感じで」

「てか、むしろなんでシンもカイエも若干しんみりムードなの？　せっかくなんだからもっとノリよくいこうぜイエーイ！　って感じで」

調子よく言ってから、ハルトはふっと据わった目になった。

「あっごめんやっぱやめてシンとマシューはやめて。ホントはやりたくても遠慮して。なんつーかこう、世界が滅ぶ前兆みたいで怖ぇから」

「「イェーイ」」

「ありがとうやめて」

とりあえず棒読みで言った（そしてかぶった）二人に、間髪いれずにハルトはつっこむ。吹きだしたクジョーと、聞いていたのかいないのか最早わからないミナがけらけら笑う。

腕を組んでダイヤが斜め上を仰ぐ。

「でもたしかに、もうちょっとみんなで盛り上がるイベント的なものが欲しいよな。雪合戦ならぬ桜合戦とか、桜の下で宝探し！　とか」

クジョーが言う。

「いや、桜を楽しめって」

「えーだって、そりゃ綺麗だけどちょっとこう、わー楽しーいっていう面白さには欠けるじゃーん」

「にゃーん」

「……そういえば猫を忘れていたな」

ぼそりとマシューが言い、ボケをスルーされたハルトが唇を尖らせる。

苦笑してシンは言う。

「桜の下には死体が埋まってるらしいけど。宝物じゃなくて」

「「マジか!?」」

何故かダイヤとハルトは目を輝かせた。

「それだ！　それ探そう！」

「キノー。キノー！　シャベル持ってない？　人数分！」

「あるわけねえだろ馬鹿かよ」

「じゃあまずシャベル探すとこからだな！　そっから競争ってことにしようぜ！」

「おい待てよずるいぞダイヤ！」

言いながらダイヤとハルト、ついでにキノは桜並木の向こうへと我先に駆け去っていった。

見送ってカイエが肩を落とす。

「まったく……」

唐突にミナが立ち上がった。

「あっクジョー見た⁉　ながれぼし！」

「いやあの、それ多分実在しねえぜミナ……っておい追っかけてくなよ子供か！」

ぱたぱた駆けだしたミナを追い、クジョーが立ち上がる。悪いな、と片手を上げ、仔ウサギみたいに跳ね飛んでいく背中を追って歩み去る。

ごく淡く、苦笑を零したマシューが立ち上がった。

「手伝ってくる」

言いおいて二人を追い、足早に歩み去る。桜の下の夜闇の中へ、野戦服の背中が次々に消えていく。

「…………」

散々振り回されてふらふらになったチセが、そのままふらふらと木々の向こうに歩いていく。少し慌ててクロトが追う。二人ともが振り返って一度だけ手を振り、黒々と聳える大樹の狭間に消える。

一人二人と、けれど次々と。桜の下、盃を片手に。笑いあっていたスピアヘッド戦隊の隊員たちが立ち上がり、そして去っていく。舞い落ちる桜の花びらを、黄色い声をあげて追いかけ回していた女子隊員が、大きく手を振って花の向こうに消える。げらげら笑いながら歩きだした二人の少年兵が、見よう見まねの敬礼を送って歩み去る。

次々と。続々と。

夜闇の向こうへ。

どこともしれぬ、闇の向こうへ。

いつか、消えていった時と同じに。

笑い声の響いていた花明りの闇はやがて、しんと静謐に静まり返る。

最後に残ったカイエが、盃に残った酒を上品に干した。

「……旨いな。本当に、極東の米の酒なんてよく見つけてきたものだ。わざわざ探してくれたのか？」

「ああ。どうせなら、その方がいいかと思って」

戦場の片隅のこの桜を、最期の思い出の一つにしようとしたカイエの。彼女は知らない、けれど彼女の祖が生まれた国の、酒の味を。

本当は、最期まで。知ることなくいったとしても。

「ありがとう。……懐かしいと、思えないのは少し残念だけれど」

共和国で生まれ、戦場で育ったエイティシックスは、戦場以外の何も知らない。

知ることなく誰も彼も、散っていった。

空にした盃を両手で、胸の前で捧げ持つようにしたまま、カイエは微笑む。

「……私の先祖の生まれた国では、酒は二十歳の誕生日にならないと飲めない決まりになっていたんだ。だから今日のこれは、ちょっとだけ、ズルをしてしまったな」

生真面目な彼女らしい言葉に、シンは苦笑する。

「もう越えただろ」

「そうかな。……そうか。私は二年前に十八だったから。誕生日がいつだったかはもう、覚えていないけれど」

放りこまれた八六区の、強制収容所の劣悪と戦場の苛烈の中では、日付の感覚さえも曖昧で。

生まれたことを祝ってくれる家族も瞬く間に喪ったエイティシックスは、だから、自らの誕生日さえほとんどの者が覚えていない。

少なくともシンはそうだし、カイエもそうだったろう。親や兄弟や、故郷の姿がおぼろげに掠(かす)れて思い出せなくなった頃に、あるいはそれよりもずっと前に、自分の生まれた日なんて忘れてしまった。

八六区の絶死の戦場を戦い抜くために、そんなものは要(い)らなかったから。

けれど。

「――四月七日だ」

言うと、カイエはきょとんと眼(め)を見開いた。

見つめたまま、シンは真摯に告げる。

「共和国が陥落した後、国軍本部でプロセッサーの人事記録が見つかったんだそうだ。おれやライデンたちや、他の連中も、全員分」

戦死と共に処分されているはずだった――死して後(のち)は墓も名さえも残らないはずだったエイティシックスの、存在の証拠が。

「そこから辿(たど)って、家族の名前とか元々住んでいた場所は、ある程度確認できてる。もちろん、生年月日も。――家は、今さら見ても、覚えてない知らない家だったけど」

第一区リベルテ・エト・エガリテを連邦軍が奪還した後、一度だけ見に行った。

知らない、もう覚えてもいない家だと、確認しに行っただけのようなものだったとはいえ。

「……だから、今日、来てくれたのか？　四月の桜の、この時期に」

「それもある。けど」

彼らがこの世に、生まれたことを。その最後の瞬間まで、何度も年を重ね、生き抜いたことを。彼らがたしかに存在していたことを。派兵の予定から最も近い、カイエの誕生日付近で全員まとめて、祝ってやりたいと思ったこともある。

けれど何より。

「まだ覚えてる。忘れない。それをもう一度、伝えておきたいと思ったから」

共に戦い、先に死んだ彼ら全員を記憶し、最後まで連れていくと約束した、自らに課した死神の役目。それを未だ自分は、捨ててはいないと。

忘れてはいないと。

墓標さえも許されなかったエイティシックスが、スピアヘッド戦隊の仲間たちが今も人知れず眠る、言ってしまえば巨大な墓標のような、この第一戦区の戦場で。

自分は生きて再び、ここに足を踏み入れたのだから。

「そうか……」

カイエは目を伏せ、そのまま淡く笑う。

「お前は……そうか、五月生まれなのか。……もうじき追い越されるな。二年前は私より、年下だったくせに」

「ああ」

「悔しいな。でも」

その時カイエは晴れやかに、心の底から嬉しそうに、笑った。

「――お前たちだけでも、生き残ってくれて本当によかった」

それはカイエの声のようでもあり、この場にいないダイヤやハルトやキノやクジョーやマシューやミナや、先に死んでいった全員の声であったような気もした。

「――ああ」

その時、ざ、と強く、風が吹いた。

桜の花の寿命は、酷く短い。その脆弱な薄さに、儚い花色に相応しく、わずかな間に一斉に咲いて、一斉に散る。未練など何も持たぬかのように、容易く枝を離れて地に散り敷く。

そのために不吉な花と、生還を誓って戦に臨んだ戦士たちには嫌われ。

潔い花と、不帰を覚悟して戦場に赴いた戦士たちには愛されたという。

花が散る。一面の花盛りの、満開の桜のその無数の花びらが、風に吹き散らされて降り注ぐ。

薄紙のような軽さゆえに夜風に乗り、夜気に遊び、地に堕ちることなく大気そのものを己の色に染めて舞い狂う。

桜吹雪、と呼ぶのだという。

視界をその一色で塞ぐほどの、無数の花びらがひととき舞い散り、ぶわ、と吹き抜ける風に乗ってメインストリート全体が薄花桜の渦に包まれる。

カイエを、仲間たちの消えていった無明の闇を。何もかもを、死に逝く花弁の紗幕は等しく覆い隠し――……

「——ノウゼン大尉？」

ふわ、と、この一月ほどで聞き覚えた、清冽なヴァイオレットの香りがした。

振り返ると桜の雨の降り注ぐ下、レーナが立っている。共和国の紺青の軍服。白銀種の銀髪と同じ色の瞳。

視線を戻せば、桜並木の満開の下には誰もいない。テーブル代わりにした瓦礫の上、シンと対面する位置に、酒を注がれたまま一度たりとも手をつけられていない漆塗りの盃が、一つぽつりと載っていた。

それを取り上げ、飲み干すべき相手は、もうどこにもいない。

二年も前から、ずっと。

パンプスのヒールの音を響かせ、レーナは罅割れた舗装の道を歩み寄る。ふわりと広がる、十一年も前に見捨てられたきりの廃墟には相応しからぬ、上品で上等な香水の香り。

彼女が作戦指揮官を、シンが機甲部隊の総隊長を務める連邦軍・第八六独立機動打撃群は、旧共和国支援のためその領内に派遣されている。現在駐屯しているのは、かつてシンがスピアヘッド戦隊の戦隊長として戦った東部戦線第一戦区にもほど近い、前線近くの仮設基地だ。

軍紀違反は承知の上で、一人抜け出したのは戦場が夜の帳に鎖された頃。

「突然基地の宿舎からいなくなったから、どうしたのかと思いましたよ……。あなたのことですから、〈レギオン〉はいないと判断したから出ていったのでしょうけど」

「すみません。すぐ戻るつもりでしたし、言う必要もないかと思っていたので」

言いながらシンは立ち上がる。手にした、飲み干して空の盃を手つかずのままの盃の前に残して。

「ですが、よくここだとわかりましたね。大佐はこの場所は、知らなかったと思いますが」

来たことがないのは無論、知覚同調越しの雑談でこの場所が話題になったことも、ここで同調したこともないはずだが。

「大尉の〈ジャガーノート〉がなくなっていたから、機付のグレン軍曹に聞いて。軍曹は行先は知らなかったので、あとはシュガ中尉を問いつめました」

「……どちらも、口止めはしていたのですが」

見やった先、彼の〈ジャガーノート〉にレーナを乗せてきたらしいライデンが肩をすくめた。グレンはともかく、事情を知っているライデンは彼女にも口を割るまいとしたはずだ。それがここに来たということは、なかなか強硬に追及したものらしい。

ちょっぴり戦慄した視線を交わした二人には気づかず、レーナは夜空を埋め尽くす満開の桜を見上げている。

ほう、と感嘆の息をついた。

「……綺麗ですね」

「ええ。……二年前の、今の時期と同じに」

見上げてきた白銀の瞳を、シンはこの時ばかりは見返さなかった。

「スピアヘッド戦隊の全員で、ここで同じように花見をしたことがあったんです。二年前、この第一戦区に配属されたばかりの頃に」

長生きしすぎたエイティシックスを、必ず戦死させるための最終処分場に配属された時。半年の任期の終わりの確実な死を、定められたその時に。

「カイエの発案で、戦隊二四名全員で。ただ、その時は……」

闇の中でぼうと光るような薄紅の花の群を見つめて、くっと目を細めた。

あの時見上げた者の大半はいなくなってしまったのに何も変わらない、満開の桜と月と闇。

「水盃になってしまったので」

それが別れの前に交わすものだと、戦隊の大半が知らぬままに。

「すみません……邪魔を、してしまいましたね」

「いえ。もう、用は済みましたから」

墓標が存在しないだけの、戦友たちの墓参りは。

帰りましょう、と告げたシンに、神妙な面持ちでレーナは頷く。瓦礫の上に置き去りにされた一対の盃をちらりと見たが、口に出しては何も言わなかった。

代わりに、くん、と鼻を鳴らして小首を傾げる。

「……なんだか、いい匂いがしますね」

ああ、とシンは片手に提げた、おまけだと盃と一緒にもらった陶製の瓶——徳利と言うらしい――を持ち上げてみせた。

「飲みますか？　基地に帰ったら。大した量は残っていませんが」

「お酒……ですよね？」

「極東の酒だそうです。カイエのルーツの」

「……よく、そんなものが手に入りましたね……。連邦も、他国との国交はほとんど回復できていないのでしょう？」

共和国同様、連邦もまた長い間勢力圏の全周を〈レギオン〉の大群に鎖され、ようやく周辺国の生存を確認できたのもごく最近のことだ。その各国とも細々と人の行き来が可能な程度、遠い極東方面は未だ、国交はおろか存続しているのかさえも、確認できてはいない。まして、そこで産出される物品など。

だからこの酒は盃ともども、ザンクト・イェデルのデパートメントや骨董市を回って探しだしたものだ。最悪、手に入らなければ別のもので代用しようとも思っていたが。

「連邦南東部のワイナリーが、本業の合間に作っていたものです。連邦では馴染みがないので希少な割に値段もつかない、道楽のようなものだそうですが」

棚の片隅で埃をかぶっていたのを、どうにか覚えていた店員が持ってきてくれた。

レーナは苦笑した。

「基地を出る時、食堂の方がやけに騒がしかったのは、これのせいだったんですね」

内容量についても極東の流儀に従ったという酒の瓶は、連邦の葡萄酒や火酒のそれに比べ、実に二倍以上も大きかった。必要な分だけを徳利に注ぎ分け、残りは部隊の連中に渡してきたのだが、さっそく皆で楽しんだらしい。

連邦軍では勤務時間外の飲酒は禁止されていない。周辺に〈レギオン〉はいないとあらかじめシンが索敵を終えているから、それならと羽目を外したようだ。

「じゃあ、わたしもお相伴に与ります。……ところで、」

ふと、レーナはわざとらしく咳払いをした。

ぴしりと指を突きつけ、虚をつかれて見返したシンを見上げて、いたずらっぽく笑う。

「飲酒運転ですよ、ノウゼン大尉」

思わずシンは苦笑した。

「酔うほどには飲んでません。黒系種は元々、酒には強いそうですし」

黒珀種である――同じ黒系種であるエルンストから聞いた話だ。太古の昔には戦士階級であった黒系種は、アルコールを含めた薬物の類に耐性があるのだとか。

実際、夜黒種の血を半分引くシンも純血の黒鉄種であるライデンも、酒の類には滅法強い。

レーナはけれど、からかう姿勢を崩さない。

「本当ですか？　ライデンに、牽引してもらわなくて大丈夫ですか？」

「絶対に嫌です」

「勘弁してくれ」

ぼそっと言ったライデンの言葉は、両方から無視された。

ちなみに連邦でも共和国でも、それで判断を誤らなければ、酒を飲んだ上での車両の操縦は法に反するものではない。

「というか、大尉の年で、お酒なんて飲んでいいんですか？　連邦の法律上」

「たしか十六から、ですので問題ないかと。その年齢には二年前に到達していますから」

「ちなみに何月何日です？」

「五月の……何日かだったと思いますが」

自分の生年月日は、実は関心がなかったのでまともに覚えていなかった。

「大尉ときたら、どうしてそう……」

やれやれと肩を落としてレーナは嘆息する。

「ちょうど、連邦に戻る頃ですね。じゃあ、帰ったらちゃんと調べ直してください。その上でわたしに報告すること」

「……かまいませんがどうして」

「決まっています」

言って、レーナは花のように微笑(ほほえ)んだ。

「みんなで、お祝い。……やりましょうね」

HELP！（シンの場合）

黒系種は一般に、酒に強い。

その例にもれず、シンも酒にはほとんど酔わない。同じく黒系種であるライデンも同様に強いし、アンジュとセオはそこまでではないがそれなりに強く、一番弱いクレナも社交に困らない程度には呑める。

そんなわけで。

世の中にはグラスに一、二杯程度の酒で正体をなくす者もいるということを、シンはこれまで全く想定できていなかった。

凛然たる叱責が、至近距離から降る。

「ノウゼン大尉！　聞いてるんですか！」

聞いてない。というか最早それどころではない。

およそありえないほどの近さでまっすぐ見下ろしてくるレーナの、酒気を帯びて艶やかに上気した貌を見返して、シンは冷や汗をだらだら流す。

同い年とはいえ十代後半の少年と少女であるシンとレーナの間には、十五センチほどの身長差がある。普通に話していれば、レーナの目線がシンよりも高い位置にくることはまずありえない。

あくまで、普通に話していれば。

端的に言えば駐屯基地の四名共用の自室のベッドで、レーナに押し倒されている。

しかも両手首をつかまれて押さえこまれて体の左右に膝をつかれた、割と身動き取れない感じで。

部屋の入口から覗きこんだライデンが、呆れとうんざりが等分に入り混じった顔で問う。

「……何やってんだお前」

「助けてくれ」

「ごっそさん」

何がだ。

「つーか、いいんじゃねえの。そのままごちそうさましちまえば」

「いいわけないだろいくらなんでも」

なんの話だ。

「……シン、今たぶん本音と建て前逆になって、本音の方が口に出てるからね。ひょっとしなくても、ものすごく動揺してるよね」

「こいつが助けてくれとか言う時点でもうおかしいだろ」

同じく入口から覗きこんだセオが言い、やれやれとばかりに息を吐いてライデンが続ける。

「……で。何があってそんな愉快なことになった」

「何も愉快じゃない。……今日、夕食の後にカイエたちのところに行ったろ。その時に持っていった極東の酒が、少し残ってたんだけど……」

数日の宿営であるこの基地はかつての八六区第一戦区にほど近い。極東の米の酒を携え、第一戦区を墓標に眠る戦友たちの下を独り訪れたのは、この事態に陥る少し前のこと。

酒の大半は今の部隊のプロセッサーたちに渡してしまったが、供えて残った分にレーナが興味を持った。戻った基地の食堂はすでにほろ酔いの仲間たちで大騒ぎで、そこに連れていくのもどうかと思ったからとりあえず自分の居室に連れてきて。

それがいけなかった。

話を聞いて、ライデンは呆れ果てた様子で鼻を鳴らす。

「んなもん、単にどかせばいいじゃねえかよ」

「この部屋でこの位置で、この状態でなければな……！」

見事に全体重をかけてのしかかられているとはいえ、レーナは軽い。戦場育ちのシンの膂力を以てして、押しのけられない相手ではない。

が、なにしろここは前線近くの軍基地である。居室もベッドも、ぎりぎり用途を果たせる必要最低限でしかない。ありていに言えばものすごく狭い。

押しのけようとすると、レーナがベッドから落ちるのである。

手が自由ならどうにか捕まえてどかすのだが、あいにく両手とも繊手でベッドに縫いとめられている。無理に振り払えば、これもレーナがバランスを崩して落っこちる。今でさえ目の焦点と銀色の小さな頭が、不安定にぐらぐら揺れている有様なのだ。下手をうつと怪我をさせかねないので、シンとしてはどうにも身動きが取れない。

「あー……なんつったか、そう、女の方で準備万端用意してるもん食わねえのは恥らしいぜ」

「これのどこが準備万端用意してるんだ!?　どう見ても突発事態だろ！」

「むしろ状況的にはシンが部屋連れこんで、酔い潰して襲ったみたいなもんだよねー」

「襲っ……」

絶句しているシンは捨て置いて、ライデンは廊下にいるシデンに言う。

「シデン。面白いからあと三十分くらいほっといてからレーナ回収してやってくれ」

「……まあいいけどよ……。三十分耐久できんのかあいつ。いろんな意味で」

「あれじゃレーナの方が三十分も保たないから大丈夫だよ、……あ」

とか言ってたらついに力尽きたレーナが、こてん、と潰れた。

あたりまえだがシンを下敷きにして。

「ちょっ……！」

なにやらシンの悲鳴っぽいものがあがったのは思いきり無視して。
ライデンは無情に扉を閉めた。
さすがに可哀想に思ったのか、すぐにシデンが助けにいった。
あと幸いというべきか、翌日ライデンが確認したところ、レーナは覚えていなかった。

五月十九日（シン誕生日）

――みんなでお祝い、しましょうね。

そう、たしかに自分は言ったのに。

「……まあ、見事なくらい次の任務にかぶったわよね」

「ええ……」

代用コーヒーを一口含んでからアネットは言い、その前でレーナはわかりやすくしょんぼりする。

五月十九日。シンの誕生日。

本人は忘れ去ってしまっていたが共和国に残っていた記録から判明したそれを、レーナとしては祝ってやりたかったらしいのだが。

リュストカマー基地の、日中であまり人のいない士官クラブの一角で、レーナは雨に打たれすぎた白い儚い花のように、一人掛けのソファの肘掛けに突っ伏している。

これ部下には見せられない姿よねと思いつつ、アネットはお茶請けのビスコッティをつまむ。ヘーゼルナッツも、南方産で連邦でも今では貴重なココアも本物だ。おいしい。

「派遣先は連合王国だっけ？　それも割と、前線にいずっぱりになりそうだって」

その日を含めたとりあえず五月いっぱい、機動打撃群に他国への派遣任務が通達されてしまったのではどうしようもない。

「わたしたちは軍人だから……そうなるのも覚悟の上だもの……」

「言葉と表情が一致してないわよレーナ」

仔猫だったら耳と尻尾がぺたんこになってる感じだ。

「……ていうか、もしそうじゃなかったとして、祝えるの？　あんた最近、シンと全然話してないじゃない」

「それは……」

さらにしゅん……としてしまった。

共和国からこの基地へと帰ってきた後、シンとの間でどんなやり取りがあったのかは、アネットも概要は聞いている。

まあ、当然だろうがそれ以来、互いに気まずい雰囲気になってしまっているのも。

多少無理にでも、話をするにはいい口実だったはずなのにねと、思いながらアネットは二つ目のビスコッティをコーヒーに浸す。

あと、このしょんぼりレーナを写真にでも撮って送ってやったら、それはそれでいいプレゼントじゃないかと思わなくもない。

その程度のいたずらはしてもいいかと思える程度には、かつての幼馴染(おさななじみ)について踏ん切りがついて、今の同僚としてのシンにも慣れてきたアネットである。

「まあ、でも、シンに限らず、エイティシックスたちってば自分の誕生日なんて覚えてないし当然祝いもしなかったし、調べればわかるようになった今だって聞きにきやしないんでしょ？何もしなかったからって、別に気にしないと思うけど」

便宜上の適当な日付が入っていた人事書類の生年月日欄が、いきなり一個旅団全員分変更になっていろいろ手続きに奔走して、にもかかわらずエイティシックス本人は確認にも来なくてお冠の事務方は、全員の誕生会（なにしろ数千人もいるのでほぼ毎日）を本気で企画しているが。

さすがに毎日は無理があるので、〝その月生まれ〟をまとめて一日で祝う方向でグレーテが調整に入ったようだが、五月生まれのシンとついでにクレナについては、それもだいぶ厳しそうだ。

がばっとレーナは身を乗り出した。

「気にしないからこそ！　……ずっと、そんなことも気に留(と)めていられなかったからこそ、これからはそういうお祝い事も、当たり前にしていければって……思ったのに……」

またしてもしょんぼりしてしまった。

面っ倒くさいわねと正直思いつつ、アネットは言う。

「とりあえず、プレゼントだけでも渡せば？」

「えっ」

「喧嘩する前に、買ってきてあるんでしょ。シンと、あとククミラ少尉と一月遅れちゃったけどリッカ少尉の分。隣の街までいって、丸一日潰してあっちこっち見て回って」

時間配分が一人に偏ったろうことは想像に難くないが、その辺の公平まで求めるのはさすがに野暮というものだろう。

「でも……その、大尉も今は派遣の準備で忙しいですし……」

今度はなにやらうじうじし始めた。

ほんっとうに面倒くさいわねと思いながら、アネットはそれを取り出す。ああもう。

レーナが渡さないんじゃ、迷惑かけたからとかそういう口実で用意してきた、あたしのプレゼントも贈れないじゃない。

「じゃあ、そんな意気地なしのレーナさんに、大親友から名案があるんだけど。……聞く？」

ああ、あたしったらほんといい奴。

「――ノウゼン大尉。落とし物が届いてましたよ。どうせこれ大尉のでしょう、こういうよくわかんない小難しい本」

「？　ああ、悪い」

普通はわざわざ届けには来ないはずの遺失物係の伍長がなぜか突然押しつけてきたのは、待機室に置きっぱなしにしていたらいつの間にかなくなっていたハードカバーの書籍だ。

読みさしではあったものの、相変わらず読書はシンにとっては〈レギオン〉の声から気を逸らすための行為にすぎない。猫かフレデリカあたりのいたずらだろうと、思ってそのままにしておいたのだが。

「……ん、」

気づいてシンは片手でその書籍を開く。分厚い紙の重なりが、自然とその箇所で開かれる。

ページの隙間に挟まっていたのは、栞代わりにしていたメモ用紙ではなく、薄く伸ばした銀板に緻密な透かし彫りを施した、金属製の栞だった。

摘まみあげると、重なっていたエンボスのカードがはらりと落ちてページに横たわる。かすかに香る、聞き覚えたヴァイオレットの甘い清冽。

ヘリオトロープのインクの文字は、この一月あまりと二年前の半年で見慣れた流麗な筆跡だ。わざわざオーダーしたものらしい、篝花とそこに佇む〈ジャガーノート〉の図案化された紋様。

『お祝い、来年こそやりましょうね。……お誕生日おめでとう』

「……さすがに少し、気が早いですよ、レーナ。まだ半月も先です」

その頃には自分たちは戦地にいるだろうから、仕方がないのだろうけれど、と。思ってシンは書籍を閉じる。

七月には。──なにやら今、気づかれていないつもりで廊下の向こうをぱたぱた逃げていった誰かの誕生日には、帰還できていればいいのだけれど。

五月六日（クレナ誕生日）

「クレナ。少し遅れてしまいましたけど、……誕生日おめでとう」

そう言ってレーナがさしだした小箱を、どきどきしながらクレナは受け取る。誕生日。一体何年ぶりだろう。そんなもの――すっかり忘れていた。

八六区では誕生日なんて、祝う余裕も覚えている必要さえ、なかったから。

「あ……ありがとう」

「開けていい？」

「もちろん。気に入ってくれるといいのですけれど」

長く細い、ビロードを張った小箱を開けると金色に光るペンダントだ。クレナの少し日焼けした肌に合わせた金の細い鎖に、綺麗なオレンジ色の石を下げた。

わ、と思わず息を呑んで見入った。

かつて、……もうほとんど覚えていない平和だった時に、あこがれた母や姉の持ち物みたいだと思った。

きらきら光って、大人びた。

「綺麗……」

漏れた言葉に、レーナがほっとしたように笑った。

「よかった」

「うん、その……嬉しい。……あっ、あのさ！」

気がついてクレナは問う。もらったんだから、当然自分だって。

「レーナの誕生日っていつ？　ていうか」

クレナ自身は、覚えていない。

両親も姉も死んでしまったから、もう知っている者など残っていない。

だから祝ってもらえるはずもなかった、自分の。

「あたしの誕生日、……なんで知ってるの？」

「――シン」

呼びとめたシンは、少し前になくしてそのまま関心も失ったらしい分厚い書籍を何故か小脇に抱えていて、そのページの狭間に煌めく、シンの持ち物にはなかったはずの銀色の栞。

振り向いた血赤の瞳がクレナを映して一つまばたき、それからふっと笑みに緩んだ。

「何か、いいことがあったのか？　クレナ」

「えっ」

「ずいぶん嬉しそうだから。……顔、笑ってるぞ」

言う、シンこそクレナにはまだ少しだけ見慣れない、穏やかな顔で笑っている。

よく笑うように、なったと思う。二年前、必ず死ぬはずだったあの八六区の第一戦区で、今から思えば酷くはりつめて己の運命を見据えていた時に比べて。

「うん。……ちょっとだけ、ね」

クレナはシンの一つ年下で、だからだろうか、いつも、いつまでも妹みたいにしか扱われない。

同じ戦隊の、おおぜいいる仲間の一人と思われるよりはそれは、妹みたいに思われるのは嬉しいけれど、でも本当はそれだけにしか思われたいわけじゃない。

自分ではきっと足りないから、伝えるつもりはないだけで。

同じ年齢には決してなれないように、同じ場所にも、きっと立てない。

でも。

クレナの誕生日は、五月六日。

そしてシンの誕生日は――同じ五月の、十九日だ。

今年十七歳になるクレナは、数日前に十七歳になって。

一つ年上で今年十八になるシンは、でも、まだ十九日が来てないから今は十七歳だ。

たった十日と少しの間の、同い年。

それでも、こんなひとときだけの『同じ』が、クレナには嬉しい。

いつまでも追いつけないこの人と、このひとときだけ——同じ場所に立てた気がするから。

それが不思議に、切ないくらいに嬉しくて笑うクレナに、ふとシンがああ、と気づいた顔をする。

「そういえば、誕生日か。——悪い、もう過ぎてるな」

「ううん、いいの。だって今、忙しいでしょ」

クレナたち機動打撃群第一機甲グループは、半月後には次の戦場、ロア＝グレキア連合王国に派遣される予定だ。その第一グループの総隊長であるシンは、その準備のために今は相当に多忙なはずだ。

シンは困ったように眉を寄せた。

「……けど」

誕生日なんて、忘れてそれで構わないはずだったのに。その日がいつなのかわかったなら祝ってやりたいと、思ってしまうのが彼で。

だからクレナは笑って言った。対等の仲間が、助け舟を出すように。甘えん坊の妹みたいに。

「そしたらシン、食堂でケーキおごってよ。チョコレートの」

「それはいいけど……いいのか？　そんなもので」

「シンも同じの食べるの」

「それは……」

甘いものが得意でないのを知りながらわがままを言うと、案の定、シンはさらに困った顔になった。

見上げてクレナはくすくす笑う。

86 ALTER VOLUME ONE

ロア＝グレキア連合王国編

They spent their adolescence there, on the battlefield.

[EIGHTY SIX]

The number is the land which isn't admitted in the country.
And they're also boys and girls from the land.

チェス

地下……というか岩山内部にあるレーヴィチ要塞基地は、限られた空間の大半をフェルドレスとその消耗部品に占有され、少なくない兵員が残った空間に押しこまれるかたちだ。つまり人間のための空間が本当に必要最低限しかない。

そのために、いくつかある食堂は自由時間には娯楽室としても使われていて、第三食堂は今は機動打撃群のプロセッサーと整備クルーが多く集う。連合王国軍の軍人たちとは、なんとなくそういう住みわけになっている。たまに連合王国の兵士が蒸留酒だの菓子だのを片手に突撃してきたりもするらしいが。

レーナが顔を出した時、その一角ではシンと何故かヴィーカが、チェス盤を挟んで向かいあっていた。

周囲ではライデンやセオやクレナやアンジュ、フレデリカといったいつもの面々と、ダスティンやマルセルやシデンやリトが、それぞれ横に立ったり周りの椅子に適当に座ったりしながら盤上の戦闘を見守っている。

よいしょ、と背伸びして覗きこんで、レーナは眉をひそめた。

なにしろ古い木製の、白と黒の市松模様の戦場では白の陣営が、そこまでやるか普通？　といいたくなるくらい一方的かつ徹底的に、完膚なきまでに叩きのめされている。

思わずレーナは口を挟んでしまう。さすがにこれは、いくらなんでもひどい。

「ヴィーカ。その、もう少し手加減してあげてください」

「何を言っているんだ、女王」

「レーナ。勝ってるのはなぜかおれです」

むっつりとチェス盤を睨みながらヴィーカは言い、微妙な顔で盤面を見下ろしつつシンが続ける。

えっ、とレーナは盤面を見直す。

まあ。

本来なら見直すどころか言われるまでもなく、駒の配置からして白の陣営がヴィーカで黒がシンだ。つまりとんでもなく負けているのがヴィーカの方だ。

別に指揮官ならチェスが強く、現場の戦闘要員は弱いというものでもないが、ヴィーカは王族だ。チェスは嗜みの一つだろうし、少なくとも戦場育ちのシンよりは腕を磨く時間も余裕もあったはずだが。

「シン、チェスは……」

「駒の動かし方と、多少の定石を知っているくらいです。八六区でたまに、暇潰しにやってい
た程度なので」

あまり強くはないらしい。

「俺はその定石を知らん。駒の動かし方は一応知ってはいたが」

「……王子殿下、まさかのフールズメイトやらかしたからな。最初」

ぼそりとライデンが補足する。相手のクイーンの通り道を自ら空け、二手でチェックメイト
される最短の負けである。

が、本当にそれで負けた人間なんて、レーナは見たこともない。

「どうしてそんな……」

「興味ないからに決まってるだろう。王侯の嗜みだのと、馬鹿馬鹿しい」

「それなら、どうして今になってやろうと思ったんですか……」

んー、とヴィーカは次の手を考えながら気のない声を出す。

「俺が覗いた時はノウゼンとシュガがやりあってたんだが、……楽しそうだったからなぁ」

「…………」

その横顔に。

レーナはなんとなく、小さな子供を連想する。

仲良く遊んでいる知らない子たちに、入れて、と声をかけている小さな子供。

同じことを連想したのか、クレナが小首を傾げる。

「王子殿下。次、絵双六やってみる？　もうちょっと大人数でやれるけど」

「ルールを知らんが、それでよければ」

「あっそれはへーきへーき。ルールっていうかほとんど運だから」

「そのチェスよりはまあ、ひでえことにはならねえと思うぜ。言っとくが、シンも別に強いわけじゃねえからな」

「人数が合わないけど、それはどうする？　交代制でいいかしら？」

「あー、そしたら最初はあたし抜けるわ。別のゲームやってるぜ。なんかあっか？」

「木の棒を抜いて積んでいくのがあるようじゃが、それでよいかの？」

「……ところでヴィーカ。それだと次でチェックメイトだ」

「なんだと……!?」

がた、とヴィーカが身を乗り出す。どっと明るい笑い声がその場に弾ける。

知りあいだとかそうじゃないとか、気にも留めずにふざけあう、小さな子供の一群みたいに。

くすりと笑ってレーナは言う。

「わたしも。入れてください」

もう少しだけ、このまま

ところでようやく奪還したレーヴィチ要塞基地の周囲は相変わらずの雪原で天候は雪曇りで、ありていに言えばものすごく寒い。

そんなところにレーナときたら、軍服のブラウスと連邦軍のコート、素足につっかけただけのパンプス。防寒能力まるでゼロ。

くしゅん、とささやかなくしゃみが唐突に雪の静寂に落ちて、しがみついていたレーナとしがみつかれていたシンは、それでようやく我に返る。

「っ、すみません」

「いえ。……というか、寒いなら戻った方が」

「ええ……きゃあっ⁉」

やや顔を赤らめつつ身を離し、そのまま踵(きびす)を返(かえ)そうとしたレーナだったが、途端に雪に足を取られてすっ転びそうになった。

少し慌ててシンが腕をつかんで支えて、なんとか事なきを得る。レーナの方もまたしがみつしまったから、お互い中途半端な体勢のまま、なんとなくバランスがとれてしまう。

そのままの姿勢でシンが問う。

「足、捻ったりは」

「大丈夫です……。あの、もう立てますから、……きゃあっ⁉」

ちっとも大丈夫ではなく、レーナは再びすっ転びそうになって再びシンに支えられた。

なにしろ雪道にはまるで不向きな踵の高いパンプスで、寒さに冷えきってしまったせいで体の動きは鈍くなっていて。その上蓄積した籠城戦の疲労と、それが終わって気が抜けたのと。

明らかに膝が笑ってしまっている――まともに歩けそうもないレーナに、シンはなにやら腹を括ったらしい。

「……レーナ。苦情は後で聞きます」

「え、…………ひゃっ⁉」

ひょいと抱えあげられてレーナは悲鳴をあげる。コートでくるむようにして、背中と膝の裏に手を回して抱き寄せるように抱えあげられた、
いわゆるお姫様抱っこである。

そのまま早足に歩きだされる。戦闘要員に特有の、レーナの普段の歩調よりもずっと速い歩調で。

「不安定なら、しがみついててください」

「シン、あの、」

「苦情は後で聞くと言ったはずです。……喋(しゃべ)ってると舌を噛(か)みますよ」

「…………」

さすがに人一人を抱え、その上雪道ではいかなシンとて足音を立てないのは難しいらしい。ざくざくと、聞き慣れない重い足音が聞こえてくる。女性のレーナとはまるで比べ物にもならない、しっかりした骨格と筋肉の体躯(たいく)と、厚い機甲搭乗服(パンツァーヤッケ)越しにそれでも幽(かす)かに聞こえる心臓の音と。

その静かさが、少しだけ、ずるいと思う。

自分はこんなにどきどきして、それもきっとシンには伝わってしまっているだろうに。

「……その、重くないですか」

「別に。まあ、猫よりは重いですが」

それは、そうだけれど。

ふくれっ面(つら)になったレーナを、血赤(ちあか)の瞳は見ない。

……とてもではないがこんな状態で直視できないのだとは、レーナはもちろん思い至らない。

ただ、赤い顔をごまかすように目を向けた先。様子を見にきたらしいファイドが、向こうの方で待っているのがその白銀(はくぎん)の目に映る。

もう少し遠くで待ってくれていてもいいのにと、ちょっとだけ思った。

君の気配・シンの場合

基地を奪還しても、機動打撃群機甲部隊の総隊長であるシンには、するべきことはまだ幾つもある。遅滞戦部隊への連絡と状況確認、基地内部の残敵掃討に、報告の受領やら上官への報告やら。

それらがとりあえず一段落し、与えられた一室に着替えに戻った時には、さすがに疲れきっていた。

厚い岩盤に鎖(とざ)され、地下から昇ってくる熱が閉じこめられる基地内部は、雪霄(ゆきぞら)の外とは比べものにもならないほど暖かい。そのせいもあるのだろう、どっと出た疲労に少し目が回る気がした。周囲に〈レギオン〉は――すぐに戦闘となるような脅威は一機たりともいない。久方ぶりにそれが、確信できていることもある。

〈レギオン〉と区別できない〈シリン〉の嘆きは、今はもう一つも聞こえないから。

「…………」

今日この時に限っては重いと感じる機甲搭乗服(パンツァーヤッケ)を脱いで投げだし、フレデリカが持ってきたらしい、彼女の畳み方のくせが残る連邦軍の鋼色の軍服に手を伸ばす。

動いたことで室内の空気が少し揺れると、途端に澱んだ血臭と腐臭が鼻についた。

三日間の戦闘で死傷し、奥に安置されている籠城側の戦死者と、運びこまれたばかりの攻城部隊のそれと。もうしばらくすれば遅滞戦部隊も戻ってくるから、彼らの側の死者もその中に加わるだろう。基地の換気システムはまだ最低限しか復旧していないから、死臭はしばらく、この基地からは去っていくまい。

だからといってどうとも、思いはしないけれど。

嗅覚など、すぐに慣れて鈍る。それにもう今さらだ。とうの昔に慣れている。傷んだ血のにおいにも、腐り始めた人体のそれにも。

今この場所には存在しない、零れたばかりの鮮血と内腑の腥さにも。

暗い色のインナーシャツに袖を通す。ネクタイを締めるのが面倒で、ボタンだけは喉元まできっちり留め、ネクタイはそのままにジャケットを取り上げた。薄闇にくすんで古い血の朱殷に見える、連邦軍の特有の紅いネクタイ。

軍規だという以上に、傷跡を人目に晒したくはないから普段はネクタイも襟も緩めないけれど、本当はどちらも苦手だ。そんなことはないはずなのに、息苦しいと感じる時がまだ、時々ある。

その傷をつけた兄の手を、まだ、時折思い出してしまうから。

首を振り、ジャケットを羽織った。一般的な背広のそれより位置の高い、ボタンを留めようと手をかける。

その時ふわ、とあえかな花の香が、澱む腐臭と死臭を拭い去った。

春の——それも冬が去って間もない早春の、花の香り。

自然そのままのそれではなく、引き立てるために数多の別の香料を細心の注意を払って調合した。清冽で甘やかな、香水の。

え、とシンは目を見開く。

第八六機動打撃群の腕章と機甲部隊の八脚の悍馬の徽章、その中では唯一の大尉の階級章のとおり、自分の軍服だ。

それなのに。

零れた声とまばたいた血赤の双眸から、その時魔法のように険が抜け落ちたのに、彼自身は気づかない。

「……なんで」

レーナの、すみれの香水の香りがする……？

君の気配・レーナの場合

基地を奪還しても、機動打撃群の作戦指揮官であるレーナには、するべきことはまだ幾つもある。

それらがとりあえず一段落し、ヴィーカとフレデリカとマルセルしかいない発令所で、レーナは自分の椅子に沈みこむ。疲れた。さすがに。

それから気づいてがばりと身を起こした。

「そうだ、軍服……！」

〈ツィカーダ〉を使っていた間、借りていた誰かの軍服の上着。連邦軍の鋼色（はがねいろ）の、男物のブレザー。もう戦闘は終わったのだから、早く持ち主に返さないと。

フレデリカが怪訝（けげん）な顔をした。

「む？　もう返してあるぞ？」

言って彼女の白魚の指先がさした先。

扉を開けたままの発令所の入口から、前の廊下を機甲搭乗服（パンツァーヤッケ）から勤務服（サービスドレス）に着替えたシンが歩いていくのが見えた。

……え。

レーナは思いきりフリーズし、さりげなく位置を移動したヴィーカがそんなレーナを出入口側から隠す。気づかずにシンは通り過ぎていったらしい。足音を立てない癖が彼にはあるから、それは音からは察せないけれど。

連邦軍の鋼色(はがねいろ)の、男物の上着。

レーナよりも一回り以上も大きな、けれど大きすぎるということもない、少し長身でやや細身の少年の体型に合わせられた。

なぜか安心する、なんて思ったのは。

つまり。

シンの。

「い、」

察したマルセルが発令所の扉の開閉スイッチを押した。

「いやあぁぁあああああああ⁉」

重い耐爆扉がその速度で開閉したらダメだろうという、何かやけくそな高速で扉は閉まり、直後にレーナの悲鳴が発令所に響き渡った。

あまりの羞恥に真っ赤になっている鮮血の女王に、フレデリカはにやにやする。

「ようやく気づいたか、たわけ」

「はっ、謀りましたねフレデリカ⁉」

「何が謀ったじゃ、人聞きの悪い。そこな鎖蛇めにいぢめられて哀れじゃからと気を遣うてやっただけではないか」

「きっ、気を遣ったって……」

「おや違うのかの？　そなたときたら妙に、シンエイめの軍服が気に入っておったようじゃが」

「言わないでください！　イヤ――――ッ！」

ヴィーカは呆れと憐憫が半々くらいの顔をしている。

「というか。兵科章と階級章を見ればわかるだろう。今まで気づいてなかったのか」

機甲部隊を示す八脚の悍馬の徽章と大尉の階級章の組みあわせは、機動打撃群ではシンしか使っていない。

「なら……それなら、まさかみんな、気づいていたのですか⁉」

ヴィーカは淡々と頷き、マルセルはそっと目を逸らす。

「ええまあ。その、多分、……発令所要員全員」

「っ……⁉」

レーナは最早、叫ぶ余力もない。恥ずかしさのあまり卒倒しそうだ。

「フレデリカぁ……！」

涙目を向けた先。はたしてフレデリカはものすごく邪悪な感じににんまりと笑った。

だって。これくらいの意趣返しは、許されてしかるべきだろう。

「その顔。写真にでも撮って、シンエイめに見せてやりたいのう」

コーヒーと紅茶と

「――報告は以上です。ミリーゼ大佐」

「ご苦労様、ノウゼン大尉。……本当に」

要塞奪還後、臨時の執務室としている部屋のありあわせのデスクでレーナが苦笑したとおり、今は通常ならば消灯となっているはずの夜間だ。それくらい戦隊総隊長であるシンと作戦指揮官であるレーナには、するべき後始末が幾つもあった。何度か報告と連絡は交わしても、雑談の余裕さえ今までないくらいに。

レーナは一度立ち上がってうんと伸びをする。

それから傍(かたわ)らのポットから、紙コップに何かを注ぎ分けて一つをさしだした。

「よければ。……少し、ぴりぴりしてるみたいなので」

「ああ……」

受け取りつつシンは嘆息する。自覚がないわけではないが、レーナにまで悟られるほど、態度に出ていたとは。

「すみません」

「いいえ。あんな戦闘の後ですし、疲れているでしょうからそうなるのも無理はないです」

渡された紙コップの中身は、澄んだ赤色の合成紅茶だ。幽かに薬品めいた芳香の、連合王国軍の戦闘糧食の、インスタントの。

見やってシンはくすりと笑う。

「紅茶は、淹れられるんですね」

むぅ、とレーナは唇を尖らせる。

「失礼です！　いくらわたしでも、それくらいできます。それは……」

言いながら何かに気づいた様子で、銀鈴の声がみるみる尻すぼみになる。

「お湯は……その。厨房で沸かしたのを、もらってきただけですけど」

拗ねたようにそっぽを向くのに、シンはくつくつと肩を揺らして笑う。

攻城戦が終わってから、これまで。初めて自然に零れた笑みだと、彼自身は気づいていない。

見やってレーナが、ほっとしたように笑ったのにも。

適温まで冷めたそれにシンが口をつけるのを待って、小首を傾げた。

「どう、ですか？」

「……甘いです。すごく」

甘いものが苦手なシンには、ちょっと厳しいくらいに。

思わず顔をしかめてしまったらしい。くすくす笑ってから、レーナも自分の紙コップを傾けた。小鳥が水を飲むような仕草で。

「本当。甘いですね」

極寒の雪原を主戦場とする連合王国軍では、戦闘糧食のカロリーをかなり高く設定している。やたらと甘い紅茶も、あるいはその一環だろうか。

「お茶に、ジャムを。入れることもあるんでしたっけ？　連合王国では」

「先の戦闘が始まる前に、連合王国軍の整備クルーに聞いてみましたが。少なくとも連合王国中央の文化ではやらないそうですよ。果物や花の砂糖煮を、茶請けにはするそうですが」

「そうですか……残念です」

なにやら未練げに、少し赤すぎるきらいのある水面を眺めている。

とりあえずシンには、この甘い液体にさらに甘味を投入したい感覚が、ちょっと信じられない。フレデリカもそうだが、ひょっとして男女で甘さの受容体に何か違いでもあるのだろうか。

「シンは、どっちが好きですか？　コーヒーと紅茶と」

問われてシンは首を傾げた。

別段、好き、というほどのものでもないが。

「コーヒーの方が、飲み慣れているので。まあ、どちらにせよ代用品ですけれど」

コーヒー豆も紅茶の茶葉も、産出地は大陸南部から東部だ。どちらも〈レギオン〉の大群と電磁妨害(ジャミング)に遮られ、今なお安否も知れない。

生産プラントの合成品で代用している紅茶とは異なり、コーヒーは八六区でもチコリやタンポポといった代用品を入手しやすかった。シンを含め、エイティシックスがコーヒーを選ぶ傾向が強いのは、単にそれだけが理由だ。

「そうですね……わたしももう、代用品の方がなじみ深いです」

淡く苦笑する、レーナも〈レギオン〉戦争が始まった時には七歳かそこらだ。苦いコーヒーも独特の渋みのある紅茶も、まだ好きではなかった頃。

その時何が好きだったのかは、もうシンは覚えていないけれど。

「……いつか、本物で。どっちが好きか聞きますね。……その時は」

両手で紙コップを包み、赤い水面を見つめたままレーナは微笑(ほほえ)む。

どこか遠くを見るように。祈るように。

「どちらも。淹(い)れられるようになっておきますから」

かつて共に極光を見た

　レーヴィチ基地を放棄して一度王城に戻り、明日には再び前線に向かうといっても、もう七年も前からほとんどの時間を〈レギオン〉との戦に過ごしたヴィーカには今さらするべき準備も、大した感慨もない。

　豪奢だが私物の類はほとんどなくてがらんとした自室を捨ておき、ヴィーカは夜のテラスに続く大窓を開けて外に出る。

　気温の上がらない夜には、阻電攪乱型の分厚い銀雲が解除される。この時だけは目にすることの叶う、銀狐の毛皮に雪の欠片を鏤めた夜の女王の裳裾の闇空。

　いくら気温が低下していても、さすがにこの時期に見えるものでもないか。

　と、凍てつく大気には不似合いな初夏の星座を見上げて思った。

　レルヒェリートは。

　乳兄弟だったあの少女は、たとえば幼い他愛もない口喧嘩や仲違いで機嫌を損ねていても、それを見つけて教えてやれば、泣いているのも時間も忘れて見入っているような、そんな少女だった。

春告げ鳥の名を持っていたくせに、冬のありさまも好きな少女だった。

連合王国の、魂凍る冬。

そんな苛烈な季節にさえも愛せるものを見出せる、……この世界を愛した少女だった。

……同じ場所にいても、見えているものが違うのだと。

彼女が気づいて絶望する時は、もし彼女が生きていたら、いずれ訪れていたのだろうか。

答えはもう、永遠にわからない。

さくりと薄い雪を踏む音が聞こえて、視線だけでヴィーカは振り向く。

見下ろす庭園の、星影の落とすごく淡い影の中。ひっそりと立っていたのは宮廷の使用人のお仕着せの、四十がらみの小柄な翠水種の女性だった。

知っている顔だった。

はっきり覚えてはいないが、物心つく前から。

「マルティナ」

かつて彼の、乳母だった女性。

レルヒェの――レルヒエリートの、母親だ。

「ヴィークトル殿下におかれましては、明日よりのご親征、どうぞ御身に氷雪の女神の加護がございますよう」

王城の使用人として厳しく躾けられた、角度からタイミングからまるで機械人形のような正確さで一礼したマルティナに、ヴィーカは肩をすくめる。

「そうだな。次こそはまあ、無様に負けて逃げかえるような真似だけはしないようにするさ」

「いいえ。……どうぞ此度も、ご無事でお戻りください。わたくしにとってはそれだけで、充分でございますれば」

今度は王城の礼節に則らない、頭を地に打ちつけかねないほどの勢いで低頭する。

涙の滲む声だった。

戦場から帰るたび迎えてくれる、母親代わりだった女性の声だった。

彼女の娘がいた時も、……喪ってからも。

「殿下。……あの子は――レルヒェリートは、今もお役に立てていますか？」

「……ああ」

首から下をまた、失うほどに忠勤してくれたとはさすがに言えなかった。

母と――マリアーナ妃と、親しい女官だった。

マリアーナ妃がヴィーカを遺して身罷った時、彼女もまた乳飲み子のレルヒェを抱えていた。

たったそれだけの理由で自分と一人娘の人生全てを、買い上げられた女性だった。

その挙句にその一人娘を、彼女の姿を模した動く死体に造り変えられた。

恨まれていて当然だとヴィーカは思っているけれど、マルティナはレルヒェリートを失った七年前から、そんな素振りを一切、見せたことはない。

その彼女の前でまた、彼女の娘の遺骸を連れて戦場に行くというのに。

「すまないな。まだ、お前の娘を返してやれない」

「いいえ」

目をやると、マルティナはきつく唇を引き結んで首を振った。

「いいえ。子とは、いつか巣立つ者でございますれば。親の知らぬ世界へと、いずれ飛び去っていく者でございますれば」

返せなどと。

望めはしないと。

「わたくしの手を離れるのが、あの子は少しだけ早かった。我が手を離れ、殿下の御手に飛び移った。もったいないことでございます。……あの子は本来であれば、生涯、そのような栄誉を賜ることなどなかった身ですゆえ」

「…………」

ヴィーカは紫瑛種(アマティスタ)で王族で、レルヒェは……彼女の娘であったレルヒェリートは翠水種(エメロード)で隷民だ。

側室どころか、愛妾(あいしょう)にさえもなれない。

イディナロークは最後に残った、紫瑛種(アマティスタ)の異能の血統だ。いかなる理由があろうとも、その異能は失えない。その純血を別の色で濁らせることはできない。

ましてやたかが、王子一人の私情などで。

「……すまないな」

「いいえ。あの子は、望んだのでしょう。……それならわたくしはただ、見送るだけです」

飛び去った小鳥の、せめてもの幸福を願って。

86 ALTER VOLUME ONE

死神ときどき青春編

They spent their adolescence there, on the battlefield.

[EIGHTY SIX]

The number is the land which isn't
admitted in the country.
And they're also boys and girls from the land.

五月十九日（シン誕生日）その二

「……ん」

届けられた小包の、その送り主を見てレイはまばたく。ギアーデ帝国、帝都ザンクト・イェデルの。

「ノウゼン候……お祖父さまから、か」

レイは会ったこともない、両親が捨てた祖国に住む父方の祖父。父は定期的に手紙を送っているようだけれど祖父からの返信は来たことがなくて、ただ一度だけ、レイの誕生祝いにと絵本を送ってくれたことがある。

贈り物をくれるのはいいのだが、あの絵本は正直趣味が悪かったよなとレイが変な風に口の端を下げていると、柱の陰から玄関広間を覗きこんでいた小さな弟がとてとてと歩み寄ってきた。届け物に興味はあるが、配達員がまだ、ちょっと怖かったらしい。

「おじいさま？」

「ああ、シンは知らないか。父さんのお父さんだよ。その……他の国にいるから、会えないけど」

言われてシンは首を逆に傾ける。

おじいちゃん、というものは知っている。幼馴染のリッタのところにたまに遊びに来る、リッタの銀髪とはまた違う真っ白な髪の、しわしわの男の人だ。けれど自分の家では話に出たことすらなくて、だから友達の家にいたりいなかったりする『ばあやさん』や『メイドさん』と同じ、いる家といない家がある人なのだと思っていた。

「ぼくにもいるの？」

「いるよ。もう亡くなったけど、母さんのお父さんもいてそっちもおじいさまだ。……ほら、」

小包の宛先はシンで、察するに誕生祝いだろう。本当はまず父に渡すべきなんだけどとは思いつつ、レイはその場で包みを破って中身を取り出す。

思ったとおり、出てきたのは絵本だった。黒い絹のリボンのかけられた――この時点でレイは、また趣味が悪いなと思わなくもない――、首のない骸骨の騎士が表紙の絵本。

やっぱりこれかと、レイはさらに口を曲げてしまう。

十年ほど前、自分に贈られたのもこの絵本だった。今読めば話の筋は結構面白いのだが、なにしろ主人公がこの首なし骸骨殿である。幼心に不気味すぎて、レイはほとんど読まなかった。

ましてシンはちょっと気が弱いところもあるし、なおさら厳しいんじゃ……。

と、思ったが予想に反し、シンはわあ、と目を輝かせた。

「えほん！」

「シンに、誕生日おめでとうってさ」

手紙が二通入っていて、カード状の方にそう書いてあった。子供にも読めるように易しい文章で。

もう一通は封書で父宛てだったので、カードと絵本を渡してやる。レイには片手で持てる大きさでも、シンの小さな手にはまだまだ余る。結局両手で、抱えるみたいに受け取った。

そのまま目をきらきらさせて表紙の骸骨騎士殿——繰り返すが、レイの目にはとっても不気味——を見つめているのに、少々顔を引きつらせつつレイは問う。

「……………読んでやろうか？」

「うん！」

ギアーデ帝国はギアーデ連邦へと名と姿を変えて、けれどノウゼンの一族は未だ政府にも軍にも大きな影響力を有する。

見習いとして雇い入れられた使用人一族の子供が、必ず一度は迷子になるほどに巨大で広大な、ノウゼン家の首都別邸。絨毯一枚に市民の住宅一つが丸々収まるような執務室で、ノウゼン候、セイエイ・ノウゼンは控える家令に目を向ける。夜黒種純血の漆黒の、鷹のような瞳。

「ステュアート」

「はい、旦那様」

大貴族の使用人は影であって然るべき者だが、主人に呼ばれた時には話が別だ。進み出た大時代な燕尾服と片眼鏡の家令を、デスクにかけたままノウゼン候は見上げた。

「お前にはたしか、去年十八になった孫がいたな」

「士官学校に通わせております。旦那様のお目にかけるには、まだまだ不出来にございますが」

「優秀だと聞いているが、聞きたいのはそのことではない。その……だな」

かつて帝国軍の半分をも支配下に置いた老猛将は、まるで経験不足で何も決断できない新米少尉のように口ごもった。

「そのくらいの子供にだ。誕生祝を贈ってやるなら何が喜ばれるものだろうか」

老家令は微笑んだ。

「シンエイ様に、でございますね」

このノウゼンの家を、帝国をも捨てて隣国へと出奔したノウゼン候の長子、レイシャの子供。ノウゼン候には孫にあたる少年だ。〈レギオン〉戦争勃発とその後の各国の分断により、実に九年もの間生死も不明だったのだが、二年ほど前にこの連邦の戦野で保護された。

現在の保護者である連邦暫定大統領からその連絡を受けて以来、ノウゼン候は何度も面会を申し入れているのだが、シン本人が拒んでいるとかで未だ実現していない。

「そうですな……十八になる男子に贈るとなれば、やはり……」

しかつめらしく、老家令は頷いた。

「小遣いでございますな」

ノウゼン侯は重厚な黒檀のデスクに派手に撃沈した。

直後にがばっと顔を上げて怒鳴った。

「物心ついて初めて受け取る祖父からの誕生祝が、そんな即物的でいいわけがあるか！」

「現金だけに」

「やかましいわ！」

ぷふー、とばかりに口に片手をあてた幼馴染を、ノウゼン侯は怒鳴りつける。半世紀も前から全く変わらず、やたらと高い煽りスキルを維持しおってからに！

「といって、シンエイ様が何をお好みになるかも、おわかりにはならないのでしょう」

「それは……そうだが」

「そもそも同じ邸に暮らしてきた孫でさえ、十を超える頃には祖父よりも友人らと過ごす時間が多くなるもの。もはや欲しいものなどわかりはしないから好きなものを買えと小遣いで渡すといいますのに、これまで会ったこともないシンエイ様が喜ぶものをとは、あまりにも身の程知らずというもので、ぷっ」

「やめんか！」

今度はわざとらしく吹きだしやがった。

ついに頭を抱えてしまったノウゼン候を見やって、老家令は揶揄い(からかい)の笑みを収める。

「……まだ、会いたくはないと。気持ちの整理がつかぬとシンエイ様は仰せ(おおせ)で。その意を汲ん(くん)でその上でなお、祝ってやりたいとお思いなのでしょう？　それでしたら、そう、旦那様が祝いになると思うものを。これまで生きてきたことの祝福となる何かを。贈ってさしあげればよろしいのではないですかな」

「――ああ、あと大尉。派兵されてた間に大尉宛てに荷物が届いてますんで、持っていってください」

「荷物？」

機動打撃群本拠、リュストカマー基地の係の軍曹の言葉にシンは眉を寄せる。

連合王国にはこの春から二か月ほど派遣されていて、戻った今は初夏の季節だが、その二か月の間に届くような荷物など頼んだ覚えはない。共和国の迫害で家族を失ったエイティシックスに、手紙や荷物を送ってくるような者もいない。

軍曹はシンの怪訝(けげん)な顔など知らんぷりで、奥の保管庫からそれを持って戻ってくる。連邦の通販システムが、幼少期から戦場に閉じこめられてきたエイティシックスには物珍しいようで、派兵されるにもかかわらずその期間内に届くようなものを注文した者がどうやら大勢いたらしいのだ。当然本人が帰ってくるまでは保管庫のスペースをひたすら占有していたわけで、係の軍曹としてはとっとと引き取ってほしいところだろう。

「はいこちら。……こっち受け取り票なんで、確認してサインを」

片手で持てる程度の大きさと重さの小包と、専用のペンと電子ペーパーを押しつけられる。

小包は一度軍の検査で開封されて、封印し直された痕とその旨のスタンプが残されている。受け取り票と小包のタグに記された、送り主の名は……

見とめてシンはまばたいた。

「ノウゼン候？」

彼の祖父だという、かつての帝国の大貴族。これまで面会は断ってきたし先方もその意を汲んでか、手紙や荷物の類はこちらに送ってこなかったのだが……。

「派兵されてた間に、大尉、誕生日きてたでしょう。その日に届いたそうですよ。まあ、プレゼントでしょうね。遅ればせながらおめでとうございます」

「ああ……」

そういえばそうだったか。

誕生日といえば、レーナの誕生日にはぎりぎり間にあったなと思いながら居室に戻り、マルチツールのナイフで封を切った。

祖父には、これまで。

会いたくないと思ってきた。会わなくていい、ではなく、会いたくないと。

今はそうは思わない。会いたいとはやはり、未だに思えないけれど、会いたくないとも思わない。

向きあうために、会うべきだ、とも。

なくしたものに。取り戻したいと願いながら、同時にそれを心の底から恐れていたものに。

出てきた仰々しいブランドロゴの入った箱には、闇を織り上げたような黒い絹のリボン。悪趣味じゃないかと思いつつも何故か少しだけ懐かしい気のするそれを解き、箱の蓋を開けた。

「……写真立て？」

それも一つに何枚もの写真が入る、書籍を……もしくはアルバムを模した家族向けの品だ。写真を収める銀と硝子のページは全て空で、ただ一枚、見覚えのある骸骨の絵が描かれたカードが最初のページに挟まっていた。――貴殿に再び、これを告げられることを喜ばしく思う。

誕生日おめでとう。

「…………」

見覚えはない。けれど何故かやはり、少し懐かしい気のするその絵と読みにくいくらいに達筆な文字を、シンはゆっくりとなぞる。

両親の、兄の、かつての自分の写真など、一枚も残っていない。誰の顔をも、もはやシンは覚えていない。

けれどノウゼン候の下にはあるいは、父が送った写真や手紙の類が残っているかもしれなくて、それがあれば写真立ての空白も、記憶のそれも多少なりとも埋められるだろう。

埋めにこいと――会いにこいと、いうことだろうか。

それとも。

ふ、と知らずシンは笑う。

会ったこともない老人に、背中を押してもらった気がした。

「これから得るもので埋めていけ、ということですか？　――ノウゼン候」

まだ、祖父とは呼べないけれど。

とりあえずはこの写真立ての真意と、骸骨の絵の由来を聞きにいこう、と。

思ってシンは空っぽの写真立てをデスクに置いた。

学習しない死神

「……ノウゼン大尉」

　長い長い沈黙の果て、ヴィレム・エーレンフリート参謀長が発した言葉は、およそ腹の底を他人に読ませることをよしとしない彼には珍しく、ものすごくはっきりわかるくらいに。

　呆れ果てていた。

「貴様はどうやら、学習能力が足りないようだな？　連邦のフェルドレスには――〈レギンレイヴ〉のミッションレコーダには操縦士の発言が記録されると、貴様まさかまた失念していたのか」

　ヴィレム参謀長と列席の将官たちの視線の集まる先。臨時に持ちこまれたパイプ椅子に掛けたシンは、その体勢のまま氷像みたいに凍りついている。

　将官の一人が孫のいたずらの結果を見つめる祖父のようなアルカイックスマイルのまま、手元のホロウィンドウを操作して再び表示された再生ボタンを押す。一度頭から終わりまで流された音声記録の、その一部がまたしても流れる。

『おいていかないでください』

パイプ椅子上の氷像がなにやら痙攣(けいれん)した気がしたが、ヴィレム参謀長は無視した。

「ノウゼン大尉。なるほど貴様も十八だ。そういう年頃なのはまあ、理解しよう。理解するが作戦中くらい慎んでくれないか。何も知らずにこの記録を再生した時のこの会議室の空気がわかるか？　いたたまれないとはああいうことだぞ」

なにしろ将官ばかり——軍における最高位まで昇進した軍人たちばかりなのである。

十年にも亘(わた)る戦争で平均年齢は平時よりもだいぶ若いとはいえ、ほとんどの者は子供がいる年齢だ。というか二十代かつ独身なのは、准将であるヴィレム一人しかいない。

無論、彼らとてシンと同じ年齢だった頃はあったけれど、今はもう分別も責任も体面もたっぷりと身についている年齢である。かつての青春時代のようにはとても振舞えないし、また青春時代のあれやこれやの暴走の記憶はそっと封印してなかったことにしていたい年齢でもある。

そこにあの、どストレートな青春台詞(ぜりふ)だ。

ああ。

なんんか。

若いってすごいなあ……

とか、将官全員が遠い目をしてしまったのだから大変シュールだ。

なお同じ記録を聞いてしまったグレーテは、あまりの青春っぷりに前回のようにデブリーフィングで流すいたずらはできなかったし、しばしデスクに沈没して戻ってこられなかったという。

将官たちが集う今のこの会議室の惨状も、まあ、似たようなものだ。

「ハハハ。大尉も青春真っ盛りだものな。ハハハハハハハハハハハハハハハハハハハハハ」

「落ち着け帰ってこい！　ポエミーな告白して振られた過去とか思いだすんじゃない！」

「エイミー……今すぐ会いたいんだエイミー……君のアップルパイが食べたい……」

「電話しろ。あとめそめそ泣きだすな。家帰りたいのはみんな同じなんだ」

「うちの娘も……うちの娘もいつかこんな風に盗られてしまうなら……身の程知らずの馬の骨どもをその前に全員……！」

「過保護はむしろ嫌われましてよ。だいたい対人用途に三〇ミリ機銃はさすがに威力過剰ではありませんこと？」

「……と、このように被害甚大だ大尉。本当にやめろ頼むから慎め。頼むから」

「二度言ったな、大事なことだから」

「一応言っておくがヴィレム、貴様が大尉くらいの年齢だった時には私が貴様に慎めと言いたかったからな。だいたい貴様ときたらグレーテを巡って――」

「それ以上言うとこちらも奥方とのなれそめをばらしますよ先輩。送った恋文の中身とか」

「⁉　きっ、貴様なぜそれをっ……⁉」

「先輩が文才欠片もないから、書きたい内容を聞いて俺が文章考えたんでしょう。忘れたんですか。……まあ、コピーを取ったのはついでですが」

「どんなついでだ！　まったく貴様という奴は……！」

「エーレンフリート准将、アルトナー少将。余所でやりたまえ」

「いやまて。アルトナー貴様、それはいくらなんでもいかんだろう。懸想した女性に思いの丈を綴るなら、たとえつたなくとも己が言葉で伝えるのが帝国貴族の男子としてあるべき姿であるぞ」

「というかエーレンフリート、貴様他人のとはいえ恋文など書けるのか……というか書いてやったのか。意外だな」

ついでになんかテーブルの一角でごちゃごちゃやりあい始めた。

ごちゃごちゃやってる一角以外は笑いすぎて突っ伏しているか、故郷の配偶者を思い出してホームシックにかられているか、忘れたい記憶のフラッシュバックに目が死んでいるかのどれかだ。

最も高齢の老少将はなんだか、孫の恋路でも見守るみたいな顔をしていそいそと飴など取り出し、西方方面軍総指揮官である中将は吹きだすのを堪えすぎて顔が痙攣している。

もはや将官の威厳、完全消滅だ。

この会議の議事録とか流出したら、下手をしたら軍が崩壊するかもしれない。

なので議事録なんて最初から、とっていないが。

そしてその惨状を目にしているはずの唯一の部外者であるところのシンは、相変わらず氷像みたいになっているままだが。

さすがに気の毒になったのか、いつも参謀長につき従っていて今はシンの椅子の斜め後ろにいる副官の少尉が、もはや身じろぎもしないその耳元にそっと身をかがめて囁いた。

「大尉、後でデータファイルの消去方法、こっそり教えますね」

「聞こえているぞヨナス、堂々と不正を教えるな。消去手順は変えておくからな。……そもそも」

ふん、とヴィレム参謀長は鼻を鳴らす。

「肝心の大尉は聞いてないだろう。……口から魂とか抜けてないか？」

ちなみにこの時のアネットとダスティン

「――え。いや、行かないわよそれは」

何を当たり前のことを言っているのかという顔でアネットは言って、レーナはしばし沈黙する。

連合王国への派遣任務を終了し、今日からの休暇をどう過ごすのかと、話を振ってみたところのアネットの先の回答だ。

「どうして？」

「もちろん厚意はありがたいんだけど。いくらなんでも大統領閣下のお家はちょっと。肩が凝りそう」

「俺もさすがに……」

やや控えめな調子ながらダスティンも続ける。

その彼は四月の機動打撃群発足から動いていた第一機甲グループの一員で今日から休暇で、作戦指揮官のレーナと知覚同調研究員のアネットもそれは同様だ。

で、祖国の陥落に伴い帰る家も失くした彼女たちを気遣って、連邦でのシンやライデンやセオたち五人の書類上の保護者であるところの、連邦大統領エルンスト・ツィマーマン氏が自邸に招待してくれたのだが。

ちなみにそのツィマーマン氏は休暇に先立って先日シンに電話をかけてきたが、漏れ聞こえてくる声から判断するに、なんというか、肩が凝るような方ではなさそうだ。具体的には『じゃあお帰りパーティーをしようか！　イェーイ！』だのと電話の向こうで叫んで、シンに電話を叩き切られていた。

「……そんなに堅苦しい方でも、ないと思うけど」

どちらかというと愉快な人だ。

愉快すぎて疲れそうな気も、ちょっとしなくもないが。

「お人柄じゃなくて肩書の話よ。大統領よ大統領。……ともかく、こっちはこっちでのんびりしてるから。ちょっと、休暇の間に整理しときたいものもあるし」

「整理？」

「共和国でのシンの家の、蔵書とかね。シンと家族が護送された後、略奪されなかった資産はうちで買い取って保管してたのよね。……シン、お爺ちゃんち行ってるんでしょ。それなら、こっちも見たいかもしれないから」

ん、とダスティンが視線を向けた。

「手伝おうか、少佐。蔵書というなら、女性には重いだろう」

「んーまあ、手伝ってもらうにしてもプライバシーにかかわらないとこだけね。ちょっと、研究資料とかもあるからそういうのはあたしがやるから」

知覚同調(パラレイド)の元となった異能者の一人がシンであることを、アネットは共和国にも連邦にも報告していない。元々資料に個人名の記載がなかったのをいいことに、そのまま強制収容後行方不明として押し通しているそうだ。

ともあれレーナは小首を傾(かし)げる。研究資料といっても、量も多いだろうし。

「わたしも、手伝いましょうか？」

言うと、アネットは苦笑した。

「なんでそうなるのよ。いいからあんたは満喫してきなさいよ。一つ屋根の下ってやつを」

誰との、とは、アネットは言わなかったが。

果たしてレーナは真っ赤になる。

……言われてみれば。

「え、何よ。まさか認識してなかったの」

「ええ、その……」

真っ赤な顔のままレーナは口ごもる。

ダスティンが実直な彼には珍しく、少しだけ嫌そうな顔でそっとため息をついた。

君がいるから・レーナの場合

そんなわけで機動打撃群で最初の休暇を迎えたレーナは、シンたちの書類上の保護者であるところの、連邦大統領エルンスト・ツィマーマンの私邸に招かれて訪れることとなった。

連邦首都ザンクト＝イェデルの、閑静な一角。瀟洒な、けれど大陸最大の超大国の最高権力者が住まうには慎ましやかなその邸に、セオとクレナとアンジュと一緒に。先に戻っていたフレデリカと彼女に付き添って戻ったライデン、エルンストに迎えられて。

フレデリカとライデンと共に戻ったシンは、まだ祖父の家から帰っていないという。出迎えてくれたフレデリカは少しむくれていて、苦笑したライデンが言うには竜牙大山拠点攻略作戦で負傷したせいでエルンストとこの家のメイドのテレザから、ちょっと長めのお説教を喰らったのだとか。

夕食は祖父の家で食べて帰るからとシンから連絡があって、だから彼は欠いたままみんなで夕食をとって、それから居間で会話とゲームに興じて。テレザが作ってくれた料理は全て、共和国の伝統的なものでレーナはうっかり涙ぐんでしまった。そのうちに帰ってきたシンを迎えて、負傷でまだ利き手が上がらないフレデリカがやたらシンに甘えたり、カードゲームでボロ負けしたエルンストが大人げなくへこんだり。

やがて夜も更け、フレデリカがうとうとし始めた頃に、楽しいそのひとときもお開きになった。

レーナのために整えてくれたのだろう。与えられた客間の、女性向けの柔らかな色彩のファブリックで統一されたベッドの中、早くも襲ってきた眠気に身を任せつつレーナは今日一日を回想する。……楽しい、しあわせな日だった。いつまでも続けばいいとそう思えるような。誰もが笑っていた。シンも、彼らしい感情表現の淡さだったけれど、けれどそれでも。

そこでふと、気がついた。

レーナが与えられた、この客間の隣。

部屋まで案内してくれたシンは、踵を返してそのまま隣の部屋へと入った。もう寝ようかと他の全員もそれぞれの部屋に引き上げる、その最中だったからつまりその部屋がこの邸でのシンの私室なのだろう。

つまり。

レーナがいるこの部屋の、壁一枚向こうはシンの部屋だ。

気づいた瞬間、レーナはなんだか真っ赤になってしまった。

誰もが眠りについた静寂。その静けさのせいか、感じ取れてしまう気がする。壁の向こうの気配や息遣いや、彼女よりも少し高い体温が。

もちろん、そんなわけはなくきっぱりレーナの気のせいだ。大統領の私邸にしてはこじんまりとしているとはいえ、隣室の物音が聞こえるような安普請ではない。まして元々音を立てずに動くくせのあるシンの、その気配や息遣いなんて。

でも。

――そういえば、もしかしなくても。こんなに近くでずっと過ごすなんて、初めてなような……。

熱い頬を押さえて、口には出さず心の中だけで呟いた。

同じ軍基地で数か月すごしているとはいえ、大佐と大尉だ。居室は離れているし意外と日々のスケジュールは合わないし、食事や自由時間に私的な会話をしていても、やはりどこかで周囲の目を意識はしている。

でも、今日は違う。初めてだ。私服のシンを見るのも、……あんなにくつろいだ顔をしている彼を見るのも。

基地でもましてや戦場でも見せたことのない、完全にプライベートの姿。気を抜いていて、少しだらだらしていて。東部戦線の首のない死神でも、機動打撃群戦隊総隊長でもない、――言ってしまえば素のシンを。

それが新鮮で、……なんだか落ちつかない。

……

立場も役目も取り払っていられる、完全に私的な空間に踏みこんでいるという事実が、それほどまでに近づけているということが、何故か鼓動を速くさせる。

夜の更けた静寂に、その音が妙に大きく響く。そんな気がする。

——まさか、シンには聞こえてませんよね……⁉

思ったらさらに落ち着かなくなってしまって、レーナは花の香りの毛布を頭からかぶる。

君がいるから・シンの場合

そんなわけで初めて訪れた祖父の家を、やはり泊まっていけと誘われるのはやんわり断って、シンは書類上の保護者であるところのエルンストの私邸へと戻る。

玄関の扉を開けると先に戻っていた仲間たちとフレデリカと、エルンストに招かれてきていたレーナの笑顔が出迎えてくれる。帰る家だという感覚は、このエルンストの邸にもやはり、ないけれど。

レーナは何故か少し泣き濡れたような目をしていて、何かと思ったらメイドのテレザが作ったという、共和国の料理が懐かしかったらしい。

シンにとっては最早、祖国だと、故郷だという意識はない国。それでもレーナには祖国で、……懐かしい故郷である国。

忘れろと、捨てろと。……簡単に言っていいものではなかったのだと、今さらながらに痛感させられた。

共和国は迫害した側で、機動打撃群は迫害されたエイティシックスばかりなのだからとおそらくは気を遣わせて、……故郷の滅びをほとんど嘆かせてやれなかったことも。

自分が気づかずにいただけで、ずいぶんすれ違っていたのだろう。

これからはなるべく、気づくようにしないと、と、強く思った。雪の戦場でレーナが言ったとおり、話をして。最初は他愛ないことからでも。

居間の大きなテーブルにはフレデリカの好きなカードゲームが広げられていて、途中から加わる。扇形に広げた手札とにらめっこしているレーナは戦況図や作戦資料を見つめている時とは違う、どこにでもいるような屈託のない少女の顔をしていて、そのことに自然と笑みが零れた。先の戦闘の負傷でまだ利き手が上がらないフレデリカがやたら甘えてくるのはともかく、カードゲームでボロ負けした挙句おとなげなく落ちこんでいたエルンストはちょっと、鬱陶しかったが。

やがて夜も更け、フレデリカがうとうとし始めて、そのひとときもお開きとなった。

「それじゃ、おやすみなさい。シン」

「ええ。お休みなさい」

テレザが用意した客間にレーナを案内し、そんな会話を交わして自室に戻って。軍や八六区の狭いベッドに比べてずいぶん広い、そのせいでまだ少しだけ慣れないベッドに潜りこんで。

そこでふと、気がついた。

住人の数に比して部屋数のやたら多いこのエルンストの邸は、余った部屋を全て客間として扱っている。というかシンたちが与えられた部屋も元々は客間で、そこが一番静かだからと空き部屋の隣を仲間たちから割り当てられたのがシンだ。

つまり。

シンに与えられたこの私室の、壁一枚向こうがレーナのいる客間だ。

それに気づいた瞬間、湧きあがったのはふぅっと気が遠くなるような安堵だった。

……隣に。

近くにいて、その彼女はもう、突然いなくなったりしない。理不尽に無慈悲に、奪い去られることなどない。

おいていかれない。

その事実が、酷く安心で。そのことに酷く気が抜けて、襲ってきたのはほとんど強制的なまでの、抗いがたい強い眠気だった。

急速に眠りの縁に落ちていく、脳裏に蘇るのは知覚同調の向こうの銀鈴の声だ。

——おいてなんていきません。待っています。必ず。

そう、言われたのだから。

これからは、自分も。

二年前に、それが最後だと思って、交わした言葉が蘇る。

——おいていかないで。

今なら、あの時とは違う言葉を返すだろう。
最後に思って、シンはそのまま、どこか満ち足りた眠りの闇へと落ちていった。

四月二十日（セオ誕生日）

エイティシックスたちのあいだでは、現在、誕生日プレゼントがブームだ。

誕生日を祝うという意識は、そもそも誕生日自体忘れていたエイティシックスには薄かったのだが、共和国人のレーナやアネットやダスティンや、連邦人のグレーテやマルセルが贈るのを見て面白そうだと思ったらしい。大抵は同じ戦隊の隊員同士で、加えてかつて同じ戦隊だった者たちの間でも、菓子やらぬいぐるみやらちょっとした小物やらの贈りあいが行われている。あるいは連合王国での作戦が終わって、休暇を兼ねて併設の学校の寮に移って、緊張が緩んだのもあるものだろうか。

ともかく。

「セオ君、はいこれ。遅くなっちゃったけど誕生日おめでとう」

「いやあのさ……今これがブームなのはわかってるんだけどさ……」

にこにことアンジュがさしだしている『プレゼント』を、げんなりとセオは見下ろす。

「だいたい僕の誕生日、四月らしいんだけど。今七月でしょ。別に無理して祝ってくれなくてもいいんだから」

共和国への派兵と誕生日が発覚したタイミングの関係で、セオを含め四月生まれ組は当日には祝えなかった。

それでも、遅くなってしまったけれど、と連合王国への派兵の前にレーナが色鉛筆のセットを贈ってくれて、それはちょっとだけ、嬉しかったけれど。

そしてそれを見ていた仲間たちが、もっと遅くなってしまっても祝おうと、思ってくれたのも嬉しいは嬉しいのだけれど。

祝ってくれる、つもりなら。

「そんなわけにもいかないでしょ。だから、はい」

「って、嘘だよねそれ！　アンジュもシンもライデンもみんな、からかう気満々だよね⁉」

思わずセオはでかい声を出してしまう。

アンジュがさしだしているのは、掌に収まるくらいの可愛いキツネのぬいぐるみだ。

それはまあ、別にいい。セオの趣味ではないがパーソナルマークにひっかけたのだろうとわかる。

問題はこの十五分前に、ちょっと気の毒そうな顔をしたシンが渡してきたのもやっぱりキツネの、こちらはどうにもコミカルな置き物で、その十分前に来たクレナもその前のフレデリカもライデンもアネットも、みんな揃ってキツネのぬいぐるみやら小物やら童話の本やらをプレゼントと称して寄越してきやがったことである。

さすがにここまで揃えられると、最早からかわれている気しかしない。

「あ、あとこっちはシデンから、キツネグッズ持ちにくいならって」

「……ってキツネのバスケットとか、むしろこんなのどこに売ってるんだよ！　っていうかシデン！　そこにいて笑ってるの聞こえてるからね！」

そしてこの十分後、さすがにネタ切れしたらしいダスティンが、どこぞの国ではキツネとペアで描かれるというタヌキなる生き物のぬいぐるみを持ってきたので、セオは遠慮なく彼の顔面に叩きつけた。

『……いたた……。こちらサギタリウス。目標の遅滞に成功。……さすがにそろそろ本気で怒らせそうなんだが、そちらの首尾は？』

「スノウウィッチよりサギタリウス。……よくやったわダスティン君。戻ってきて」

尊い犠牲を払いつつも遅滞戦闘に成功したダスティンが撤退してくる足音を、知覚同調越しに聞きつつアンジュは言う。学校内にレイドデバイスの持ちこみは禁止されているのだが、今日だけ特別ということで許してもらった。なお事後承諾で、これから許可してもらう予定だ。

「というわけで、レーナ、お願い」

「ええ、行ってきます！」

迎えにとぱたぱた駆けていくレーナの、長い銀色の髪は今は色の粉が付着してうっすらまだら模様になっている。

見送ってアネットが息を吐く。

「こんなに時間がかかるなんて、思わなかったわよね……」

「あたしが遅滞戦術思いついてなかったら、間にあわなかったよなー」

「……あれはちょっと、どうかと思うんだが……」

からからとシデンが高笑う横で、シンが半眼でつっこみを入れる。遅滞戦術用の資材を急遽、隣街まで調達に行ったのは彼とレーナだが（デートもとい街の案内であちこち出歩いていたので詳しいだろうという全員の判断）、さすがの彼もやたらと大量のキツネグッズにうんざりした気分を味わったところだ。

ぱんぱんと両手を叩いて手についた粉を払ってライデンが言う。

「つっても元々用意したもんだけじゃ、やっぱ味気ねえからな」

「うん」

誇らしげに彼女たちの努力の成果を見あげつつクレナが頷く。鼻先に色がついているのに気づかずに手の甲で擦って、横にピンク色の線が引かれた顔でにっと笑った。

ここは学校の空き教室で、机と椅子は一つもなくて教卓と黒板だけがある。古めかしい深緑色の黒板は、けれど、今はその深緑色がどこにも残っていない。

遅滞戦に出ている数人以外の全員で、手分けして色を置いて。チョークを何本も使いきって、思った以上に時間がかかってしまって、全員気がついたら粉まみれになって。

それでも。

「描いてもらってばっかりだからたまには、何かあたしたちで描いてあげたいもんね」

五分後。

レーナに連れられて警戒しながらやってきたセオは教卓に置かれた、この場の全員で金を出しあって買った、大きなトランクにつめられて携帯できるようになった画材セットとその向こう、黒板いっぱいに描かれた全員のパーソナルマークがセオのそれを中心によりそう黒板画を見て、ぽかんと口を開けて立ち尽くした。

スターシャワー・レモネード

八六区の絶死の戦場を生き抜いた精鋭たる、エイティシックス。

とはいえその素顔はまだ十代の少年少女だ。

相応に好奇心旺盛で、向こうみずだ。

「何してるんですか、まったく……」

髪も服もぐっしょり濡れた惨状で、レーナは呻く。レモンの香り。肌の上の炭酸の刺激。

炭酸飲料にある種のキャンディを入れると、盛大に発泡して派手に噴きだすのだという。

で、どこからかそれを聞きつけたらしいシンたち年長のエイティシックスが、さっそく実際にやってみた。

五百ミリリットルのボトル一つでやればいいところを、十人余りいた全員がそれぞれ二リットルボトルで一斉に。

結果、二十リットル超のレモネードが、予想していたよりもずいぶん高い、実に二メートルもの水柱となって噴出。その場の全員を水浸しにした。

通りすがりのレーナも巻き添えにして。

エイティシックスはまだ十代の少年少女で、相応に好奇心旺盛で向こうみずで。

なので時にはこんな風に、その場の勢いやら思いつきやらでしょうもない大失敗をすることもある。

シデンとかライデンとかセオとかクロードとかトールとかユートとかはレーナの惨状を見るなり即逃げたので、残っているのはシン一人だ。しまった、という顔で固まっている。

それからしゅんと肩を落とした。

「……すみません」

「もう……」

その顔があんまり悄然としているから、なんだかレーナは怒る気が失せてしまう。

未だ濃くたちこめるレモンの香り。肌の上でぱちぱち爆ぜる炭酸の刺激。

銀河の無数の恒星のまたたきのようだと、ふと思う。

「夏で、屋外だからまだいいですけれど。次は気をつけてくださいね？」

自分より少し背の高い、同い年のいたずら坊主を見上げて。

まるで年上のお姉さんみたいに、レーナは苦笑する。

七月十二日（レーナ誕生日）

「レーナ。誕生日おめでとさん」

そう言ってほれとばかりにライデンがさしだしたのは、でっかい帆布製のトートバッグだ。

淡い桜色にワンポイントの猫の刺繍。可愛らしいデザインだがマチの広い造りといい、実用一点張りの頑丈な布地と縫製といい、主婦の買い物用といった感じであまりプレゼントらしくはない。

「ありがとうございます。そういえば、今日、でしたね……」

忙しかったのですっかり失念していた。

「おう。……んじゃ、今日一日がんばれよ」

……何を？

なるほどライデンがでっかい買い物バッグを選んだのはこのためか。

「あ、いたいたレーナ。誕生日おめでとう。はいこれ」

廊下で声をかけてきたセオが、リボンのかけられた風景画集をぽんと手渡す。

「い、一応、この前プレゼントもらったから、お返しにね。それだけだからねっ」

顔を真っ赤にしてそっぽを向いたクレナが、可愛らしい猫の飾りの写真立てを。

「いい香りだから、デスクにでもどうぞ。……これが見えなくならないように気をつけて、デスク片付けてると、いつかみたいに机の上が書類の海、にはならないわよ?」

いたずらっぽく笑いながら、アンジュがハートの籠に詰められた薔薇のポプリを。

「そりゃ、くれてやろうぞ。茶請けにでもするがよいわ」

フレデリカが宝石みたいに箱に並んだ、すみれの花の砂糖漬けを。

「はいレーナ。これあたしから。パーティーとかあったらつけて」

アネットが小粒の紅と白銀の宝石をあしらった、オレンジの花が連なる繊細なデザインのチョーカーを。

「大佐、お誕生日おめでとう。たまにはこんなのもどうかしら」

グレーテがブランドのロゴも鮮やかな、ワインレッドのルージュを。

「あー、大佐。いろいろ気を遣わせてると思うし、その、あくまで部下として一応」

なにやら視線をさまよわせてここにいない誰かに気を遣いつつ、ダスティンがハンカチのセットを。

「女王陛下女王陛下ァ。どっかの誰かは絶っっっ対にまだこういうの寄越さねえだろうから、それまでコレ嵌(は)めとこーぜ」

ものすごくニヤニヤ笑いながら、シデンが七宝細工の指輪を。

「ミリーゼ大佐。聞けば貴様、今日が誕生日だそうだな」

「というわけで私たちからだ。連邦では紅茶のプラントは限られるから、茶葉を扱う店を探すのも大変だろう」

なぜかリュストカマー基地に来ていたリヒャルト少将とヴィレム参謀長が、合成紅茶の缶と白磁のティーセットを。

まさかのファイドが、裏の森で伐採してきたらしい季節外れのリラの花枝を。

「ぴっ！」

少し歩くたびに誰かしらに呼び止められて手招きされて。思い思いの祝福の言葉と共に、手渡されるプレゼントが増えていく。

こんなに皆にお祝いしてもらえるとはレーナも思っていなかったから、なんだかこそばゆいような嬉しい気分だ。あっ大佐、今日は七月組のお誕生日メニューですからね、と、通りすがった巨漢のコック長がにっかり笑う。

すっかり満杯で重たくなったトートバッグを抱えてようやく、執務室に戻る。

あれ。

と、思ったのは副官のイザベラ・ペルシュマン少尉が、何故か応接セットの前という変な場所に立っていたからだ。白蝶貝細工のローテーブルを、その痩身で隠す位置。

ペルシュマン少尉はその謎の立ち位置のまま、彼女特有の淡白な声音で言う。

「花束は、私からです」

「あ……ありがとうございます」

謎の位置の理由はそれでか。

「繊細なものですし女性には少々重いものですから、置きにくるのはまあわかりますが。それならそれで、待っているべきだと思うのですがね」

「…………？」

問う目を向けたレーナには答えず、ファイドのリラの花を抜き取って背後の花瓶にさし、そのまますたすたとペルシュマン少尉は出ていく。

隠されていたローテーブルが、それでようやくレーナの視界に入る。クリスタルの花瓶に活けられた百合の花束とリラの花枝。淡く陰をつくるその花影の下に。

朝、この執務室を出た時にはなかったものが、もう一つ増えていた。

異国風のデザインの紫檀に銀砂と螺鈿を鏤めた箱、一部を覗かせた箱内部の銀色の機構を見下ろすように伸びる筒と斜めにかぶさる円形の鏡。強いて似ている物を上げれば、顕微鏡だろうか。

箱にはやや大ぶりの螺子がついていて、オルゴールと知れる。かちかちと回すとレーナは知らない、けれど何故か懐かしいメロディが流れだし、同じテンポで筒の下端、貴石の細片が封入された硝子のパーツが回転する。筒の中は鏡で、どうやら万華鏡らしい。円形の鏡に孔雀の羽か薔薇窓のような、極彩色の模様が刻々と移り変わりながら映し出される。

綺麗、と、気づけばつい見入っていた。郷愁を誘う曲調と、移ろう光と色彩の乱舞と。

時間を忘れてひととき息をつかせる、そういう目的で贈り主が選んだと何故かわかる。全体を支える末広がりの四本の脚の下の、連邦軍の双頭の鷲の透かしのメモ用紙。

綴（つづ）られた、少し走り書きの――見覚えのある彼らしい端正な文字。

『誕生日おめでとう、レーナ』

ふふ、とレーナは苦笑する。

戦隊長である彼には、様々な雑務がついて回る。今日は〈レギンレイヴ〉のシステムアップデートのテストの関係で、研究班と整備班と共に格納庫に一日拘束されてしまっているのも知っているけれど。でも。

「本当に。待っていてくれてもいいじゃないですか。……シン」

五月のシンの誕生日には自分が、逃げてしまったのはちょっと、棚上げしておく。

五月十九日（シン誕生日）　ちょっとした仕掛け

「――ノウゼン大尉」

振り返ると、共和国軍の紺青の軍服を、袖に手を通さず羽織った白銀色の髪の少女だ。第八六機動打撃群技術部所属、アンリエッタ・ペンローズ少佐。

「何か？　ペンローズ少佐」

「アネットでも別にいいわよ。面倒なら敬語も外して」

顔を合わせてしばらく物言いたげな顔ばかりをしていたアネットは、今はそんなことは忘れたかのようなさばさばとした様子だ。

シンが片手に抱えた、先日紛失して今さっき戻ってきたばかりの哲学書と、そこから覗く栞の銀のきらめきを、何故かちらりと見てから続けた。

「あなた今月誕生日でしょ。いろいろ迷惑かけたから、まあお詫びにってことで」

ほい、とばかりにそっけなく片手でさしだされたのは、ケースに納められたカフリンクスだ。

ボタンの代わりにシャツの袖を留めるための装身具だが、正装ならともかく普段はあまりつけるものではない。まして軍服では戦闘服(バトルドレス)は無論のこと、平時の勤務服(サービスドレス)であってもまず使わない。

当然シンは眉を寄せる。

「……もらう謂(いわ)れが、」

「今お詫(わ)びって言ったの聞こえなかった？」

「使うあてもないのですが」

「返されてもあたしにはもっとないわよ。一応士官なんだから、パーティーくらいあるでしょうしその時は正装でしょ」

あっても出ない。

思ったのが顔に出たらしい。アネットはどこか、面倒くさそうにため息をついた。

「出なさい。そんでその時つけなさい。……いいわね？」

有無を言わさずぐいと押しつける。

小粒の紅(あか)と白銀の宝石をあしらった、繊細なオレンジの花のデザインのカフリンクスを。

何故(なぜ)か少しだけ拗(す)ねたような顔をして、ぴしりと細い指を突きつけた。

「特にこれからは、レーナの付き添いでってこともあるんだから。そういう時には、絶対それつけなさいよ」

——アネットの部屋には、今。

カフリンクスと共にオーダーして共に届いた、二か月後にレーナの誕生日に贈る予定のチョーカーがあるが。

もちろんそれを、シンが知る由(よし)もまだ、ない。

七月十二日（レーナ誕生日）・その二

振り返ると、ヴィーカとその背後にいつもどおり控えたレルヒェだ。連合王国軍の夏の勤務服と、機動打撃群での中佐の階級章。

「ミリーゼ」

リュストカマー基地は終業時刻を越えてそろそろ夕食の時間で、レーナも寝起きし職務に励む第一隊舎の、あまり使われていない人気のない廊下だ。夏の日は長く、日暮れ前の気怠い光が四隅に色硝子を配した窓から淡く射しこむ。遠くで何か、歌うような鳥の声。

「だいぶ遅くなったが、誕生日おめでとう。……すまんな。祝ってやりたいところだが、俺が個人的に物を贈るとややこしいことになるから」

レーナは一瞬、きょとんとなってからああと頷いて笑った。

ヴィーカは王族だ。レーナやエイティシックスにとっては気安いプレゼントも、彼の場合は下賜や褒賞となってしまう。政治的な意味合いを帯びてしまう。

「いえ。お気持ちだけで充分ですし……」

思い出して少し、からかうように続けた。

「もう、素敵なドレスをいただいていますから」

女性にドレスを贈るのは、親でなければ恋人や配偶者だ。それを暗に揶揄すると、ヴィーカは大仰に、優雅に肩をすくめてみせた。

「あれは俺からではなく王室からだ。招いた客人だからな。……よく考えると、俺もあの時はずいぶん危ない橋を渡っていたな」

よくわからないことをぼそりと独りごちる。小首を傾げたレーナに、なんでもないと手を振った。

「ともかく。……そのかわりと言ってはなんだが、」

ちらりと彼の帝王紫の瞳が、レーナを外れて別の方向を一瞥した。隊舎に隣接する、〈ジャガーノート〉の格納庫とそこからの通路があるあたり。

「格納庫からの直通の通路を、少しの間通行止めにしておいた」

「先程、ザイシャ殿に派手に書類をばら撒かせたところでして」

一歩下がった位置でレルヒェが補足する。

補足されても意味がわからなくてレーナはまばたく。

「……はあ」

「あれのことだ、拾うのを待っていて急かすかたちになっても悪いと、自分が回り道をするだもいないはずですな」

「機密に関わる書類ゆえ手伝いは無用、とザイシャ殿が申しあげておりますれば、共に拾ってもいないはずですな」

だから、と引き取ってヴィーカは言う。人気のない廊下の、ちょうどレーナの横にあるあまり使われていない通用口。鳥の声の入るそこにちらりと目を向けて。

「もう少しここで待っていろ。……じきに来る」

と、まで言われればさすがにレーナとて、誰の話をされていたのかはわかる。

基地の隊舎の裏手側にあたり、人気のない、使われていない通用口。食堂からも格納庫からも遠回りになるから、いつでもほとんど人のいない出入り口。

その外の、金の陽光に透けて翠に煌めく木漏れ日の地面に、人の形の影がさした。

見てとった瞬間レーナは駆けだした。

「……シン！」

ずらりと植えられた楡の並木の、その枝葉の織り成すトンネルの下。〈ジャガーノート〉の格納庫の方から歩いてきたシンが、駆け寄る彼女を見てまばたく。

「レーナ。……まさか、こんなところで待っていたのですか？」

「ええ。だって、誕生日プレゼントのお礼。シンにはまだ言えてませんでしたから」

人気（ひとけ）のないこの場所で、二人きりになれるように。ヴィーカが計らってくれたのはこれが理由だろう。

もともと今日一日がかりでスケジュールされていた、〈ジャガーノート〉のシステムアップデート後の動作テスト。それが予定よりも大幅に長引いていて、シンは今日は消灯ぎりぎりまで格納庫に拘束されそうな状況になってしまっている。今も夕食をとりに一時中座してきただけで、食べ終わったらまた格納庫に戻るつもりのはずだ。それではレーナが、誕生日プレゼントの礼を言う時間も機会もとれないからと。

シンは困惑したようにわずかに眉を下げている。

「レーナだって忙しいでしょう。だから別に、よかったのに。……おれも誕生日にはレーナからもらいましたし、」

言いさして、シンは一つ首を振った。そうじゃない、とレーナではなく自分に向けた、否定をこめて。

「おれが贈りたかったから、贈っただけです。レーナはすぐに根をつめるし、それにレーナは好きかと思って」

レーナはその言葉に花がほころぶように笑う。

「ええ。でも、わたしもお礼が言いたかったですから」

瀟洒な、凝った細工のオルゴール。万華鏡を組みあわせて、聴覚も視覚も楽しませるように精緻に造られて。どこにでも売っているようなものじゃない。きっと時間をかけて探して、選んでくれて。

「ありがとうございます。……とても嬉しい。大事にしますね」

言うと、シンは少し苦笑するみたいに笑った。

「大切にしてくれるのはいいですが、そう言って飾るだけにしないでください。おれはもらった栞、使っていますよ」

「ええ、それはもちろん」

儚くうつくしく移ろう光の色彩と、金属を弾く独特の澄んだ音色、郷愁を誘うどこかもの悲しいメロディに、きっと毎夜、同じ夢を見る。

蒼穹の彼方へと飛び去る機械仕掛けの碧い蝶の群と、無言の魔物の群のように風に揺れる紅い紅い一面の篝花。その時には実際にはまだ顔を合わせることはなく、けれど再会を果たしたひとを。

「シンは、これから夕食ですか？」

「ええ。……テストが長引いているので、食べたらすぐ戻るつもりですが」

やっぱり。

「それは、お疲れ様です。でも今日の夕食は特に、コック長が腕によりをかけたそうですから」

自然と手をとり、その手を引いてレーナは笑う。

その、晴れやかな、屈託のない、白銀色の優美な大輪の花のような笑み。

「食事の時間くらい、楽しんでもいいと思いますよ？」

軍隊の朝は早くまだ窓の外は仄暗い中、レーナは自室で身支度を整える。

昨日一日ですっかり物が増えた彼女の私室と続き部屋の執務室を、興味津々に見回しながら黒猫のティピーが探検して回っている。棚とデスクには一応、乗らないように躾けてあるので見ているだけだが、それでも大きな目をどこかきらきらとさせて。

私室の、こちらは私用の小さなデスクの上にも誕生日プレゼントのいくつかが並ぶ。遠景で誰もがぼやけた、画質の悪い写真を入れた猫の写真立て。薔薇のポプリ。ページの途中で開いて立てた風景画集。今はぬいぐるみをいくつか収めた帆布製のトートバックが、その横で壁に掛けられている。

その一角、精緻な異国風のオルゴールに、目を留めてレーナは微笑んだ。

最後に大きな姿見に映る自分を見返して、少し軍帽を直して、よし。

にこ、と自然と口角が上がる。かつりと踵を鳴らして身を翻し、弾むような足取りで部屋を出た。

扉が閉まって今は誰もいない、レーナの寝室の私用の小さなデスクの上。

オルゴールの横には日記帳がブックエンドに立てられて置かれて、その半ばには銀の栞が挟まっている。篝花とそこに佇む〈ジャガーノート〉の紋様の、シンに贈った栞をオーダーした時にこっそりお揃いで自分用にと作ったものだ。

ようやく昇りきった夏の朝の清冽な日差しに、並んだオルゴールと金属の栞の落とす影が、誰にも見られずひっそりと重なる。

ちびシンとちびアネット、からの今シンと今アネット

「シン！　はい、ハッピーバレンタイン！」

と、隣の家の幼馴染の少女がめちゃくちゃ上機嫌に差しだしてきた包みを、今年五歳になるシンは戦慄しつつ見つめる。赤とピンクのグラシン紙に包まれたそれは、見た目だけなら可愛らしいのだけれど。

目の前の、幼馴染であるところのリッタことアンリエッタは、シンの内心には気づいた様子もなくにこにこしている。シンはそっと聞いてみた。

「ええと。……もしかして、リッタちゃんのてづくり？」

「うん。……あっ、だいじょうぶよ！　パパがきぜつしなかったやつをえらんできたから！」

「…………」

リッタちゃんのおとうさん、いつもかわいそうだなあ……とシンは思ったが口には出さなかった。

だいたいリッタがお菓子作りをする時には、彼女の父親であるヨーゼフ・ペンローズ氏が味

見という名の尊い犠牲になっている。というかほぼ毎回、試作何号目かで轟沈(ごうちん)している。

なお試作何号とか言ってる時点でいろいろ駄目だろうというつっこみは、この頃のシンはまだ思いつかない。

「ねえ、ほら、あけてみてよ！」

「……うん」

従ってがさがさと包みを開けて、中に入っているクッキーらしきものを見て。

シンはしばし、沈黙した。

なんだろうこれ。

「うふふ。だれだとおもう？」

「…………」

シンは考えた。

とても考えた。

とてもとても考えた。

その果てにようやく、思いついて言った。

「……かいじゅう」

「シンよっ！　ことしのりゅうこうなの！　にがおえクッキー！」

「…………」

と、いうにはやたらめったら黒焦げだし、似顔絵といいながら絞り出した生地の歪な線が蜘蛛の巣状に絡みあう様は、もう人の顔をかたどるつもりにも見えないし（型で抜くのを頑なに拒んで絞り出しにこだわった結果である）、ついでに目は六つも七つもない。

リッタちゃんひょっとして、ぼくのことぎらい？　という言葉を、シンは辛うじて呑みこんだ。別段リッタに悪意はないのだ。とても、それはもうとても不器用なだけで。

とりあえずこれは、……………ファイドはクッキー食べるだろうかとか、食べるとしてファイドが可哀想だろうかとか、いくらなんでもそれはさすがにリッタに悪いだろうかとか、受け取ったクッキー（？）の包みを見つめてシンはこれまでの人生で一番悩んだ。

「ねえシン、ノウゼン大尉。ねえ」

とか、かつて幼なじみ今同僚の少女がニヤニヤしながら歩み寄ってくるのに、内心ものすごく警戒しつつ二か月ほど前に十八になったシンは応じる。七年に亘り絶死の戦場で生き抜いてきた経験と勘が、脳裏で悲鳴のような警報をがなりたてている。

なんだか知らないが、まずい。とてもまずい。

「……なんでしょうか、ペンローズ少佐」

「なぁによその他人行儀。もう何度もリッタって呼んでるんだから、基地でも別にそれでいいのよ。で、大尉」

それならその階級呼びはなんなのかとシンは思う。ちなみに少佐と大尉なら少佐の方が偉い。命令を聞け、という無言の圧力だろうか。

リッタ……ことアンリエッタことアネットは、ニマニマ笑いながら白衣のポケットから何かを取り出す。

赤とピンクのグラシン紙の、見た目は……見た目だけは可愛らしい菓子の包み。

記憶の底のちょっとした悪夢と、寸分違わぬ。

「せっかく作ってあげたのに怪獣とか言いやがった似顔絵クッキー。告白のお祝い……にはあんた的には結果がアレだったかもしれないけど、でも記念にってことで再挑戦したの。我ながら完璧な再現よ。……ちなみに」

アネットは悪魔みたいな顔でにたぁっと笑った。

「味見はしてないから」

「………………」

それは。

完璧な再現というより。

ペンローズ氏の犠牲で最低限担保されていた安全性すらない、より危険度の増した代物なのでは……。

戦慄しつつその包みを見下ろすシンに、アネットは大変楽しそうに、獲物を嬲る猫そのまま、ニーッと口の端を吊り上げた。

「受け取ってくれるわよね、シン？　——あたしの親友を、奪ってったんだから」

十月二日（アンジュ誕生日）

よりにもよって、とあるいは、他の誰かなら言ったのかもしれないけれど。

「――アンジュ、誕生日おめでとう。十月二日の、君の誕生日。おめでとう」

前線が一挙に後退して輸送ラインはどこも大混乱のこの現状で、いったいどうやって調達したのか。

一抱えもあるでっかい花束を真剣な顔でさしだすダスティンに、アンジュは苦笑する。

ダスティンが隠れてしまうような花束もだがそれ以上に、気負いすぎてがちがちになっているダスティンの顔と、この日は君の誕生日だと、懸命に強調するその言葉が。

「ありがとう。でも、そんなに気にしなくていいのよ、ダスティン君。実際私は、全然気にもならないもの」

見返す彼に、頷いてみせた。言葉どおりに気にもしていない、穏やかな微笑と軽やかな動作で。

「第二次大攻勢が私の誕生日にかぶったからって、だからなにって話だもの」

十月一日の深夜に始まった砲弾衛星の爆撃——第二次大攻勢は、アンジュの誕生日である十月二日に収束した。

シンたちやレーナもフレデリカも、そしてダスティンも、誕生祝を計画してくれていたらしい。けれど第二次大攻勢に伴って基地に呼び戻されて、それぞれの役目に奔走してその日は瞬く間に過ぎていって。

それから何日か、経ってしまった今日とてシンもレーナも、機動打撃群の誰も彼もがまだ忙しい。未だ混乱の続く前線の状況の確認と、次の作戦に向けての準備と。

それなのにダスティンの背後には、みんなから預かってきたらしいプレゼントの箱の山がある。

忙しいから、ダスティンに預けたわけではない。アンジュとまず、誕生日を祝う権利はダスティンのものだと、こんな戦況にあっても二人きりで祝う時間を取らせてやりたいと、誰もが認めて譲ってくれたのだ。

八六区を、戦場を共に戦い抜いた仲間たちが、ダスティンを認めて任せてくれた。

それほどにみんなから、祝福される私の生まれた日が――たかだか〈レギオン〉の攻撃と重なったくらいで、傷つけられるなんてあるはずがない。

フ、とダスティンの白銀の瞳が、安堵とそして愛情に緩む。

「……そうか」

「ええ、そうよ」

みんなが、あなたが、祝ってくれる日だもの。

さしだされたままの花束を、アンジュは受け取る。大きな、一抱えもある、色とりどりの花の群。花屋の店先から手あたり次第に集めてきたような、色の取りあわせも香りのそれもまるで考えられていない、けれどだからこそ躍動感にあふれて、華やかな。

「どうしたの、これ」

「本当は花屋に、もっとちゃんとした花束を頼んでたんだけど。当日は取りに行けなくて、花屋の人たちも避難することになって。せめて残った花だけでも使ってくれって、わざわざ基地まで来て渡してくれたんだ。それをまとめて。……色は、こういうの初めてだったしうまくまとめられなかったけど……」

「充分きれいだわ。……ほんとよ？」

疑わしげな眼差しに、いたずらっぽく微笑んだ。

生真面目なダスティンらしい、不器用なうつくしさだと心底思う。

野原をそのまま束ねたような、花束を抱きしめてむせかえるほどに濃い香りを楽しんだ。

次の作戦に向けての、準備が今も機動打撃群では進んでいる。――近いうちに自分たちは、また次の戦場へと向かうことになる。だから。

「これ、ドライフラワーにさせてもらうわね」

この花々がしおれて痛んでいくさまさえ、戦場に向かう自分たちは見届けられない。――だからこの花々は、散らさない。

永く、この色と香りを留めさせよう。――戦場から戻った時に、変わらぬこの花が迎えてくれるように。

いつまでもいつまでも、このうつくしさとそこに込められた思いに、力づけてもらえるように。

「帰ってくる頃には、出来上がってるから。――そうしたらもう一度、今度は一緒に、花束にしましょ」

十一月十二日（アネット誕生日）

『――セオ、ごめんなさい。ちょっと助けてくれませんか』

『悪い、セオ。少し手を貸してくれ』

……と。知覚同調(パラレイド)越しにも困り果てているとわかるレーナと、長いつきあいのおかげでこちらも困っていると察せられるシンに、揃(そろ)って頼まれたので。


「『アネット、誕生日おめでとう』――だってさ」

居室の扉がノックされて、はいはいと出たらそんな言葉と共にラッピングのされた箱をさしだされて、アネットはまばたく。

野暮(やぼ)用で機動打撃群本拠のリュストカマー基地を離れ、仮住まいしている連邦首都ザンクト・イェデルの基地の宿舎である。プレゼントボックスをさしだしているのはこの基地で何度も顔を合わせているエイティシックスの少年で、虚をつかれたアネットの顔を印象的な翡翠(ひすい)の双眸で面白そうに眺めている。

「シンとレーナから。ほんとは手渡したかったらしいけど、アネットは首都にいるし二人は二人で動けないから、僕に代わりにって頼まれてさ」

機動打撃群は現在、北部第二戦線に派遣中で、レーナは療養所で休養中の身だ。加えて第二次大攻勢から一月余りが経った今も、前線と後方を繋ぐ輸送ラインは大混雑中。

アネットの誕生日にと、レーナとシンが二人でザンクト・イェデルの宝飾店にオーダーしていたというアクセサリーのセットも、リュストカマー基地に配達可能な状況ではなくなってしまい、代替の受け取り先を指定しようにも二人とも基地が居住地だ。結果、白羽の矢が立ったのが負傷により前線を離れ、宝飾店と同じザンクト・イェデルの基地に勤務するセオだった、というわけである。

「メッセージカードとかは、だから、悪いけど一緒じゃないよ。メールになっちゃうけど後で送るからって言ってた。シデンとか他の連中が用意してたのも、箱とかはもう送れないから基地に帰ってから渡すって」

「ああ、うん。それは、わかってるから大丈夫よ。ありがとう」

繰り返すが第二次大攻勢からの混乱で、輸送ラインはキャパシティオーバーもいいところなのである。私用の手紙や荷物など、それがメッセージカードの数枚であっても運んでいる余地はない。それはアネットだってわかっているから、気にしないしましてや悪いなんて言ってもらうことでもない。

それはそうと。

「……なんで三箱あるわけ？」

揃いの宝飾店のロゴの小さな二箱と、それとは別の包み紙の、一回り大きな箱と。

心底きょとんとしているアネットに、セオは唇を尖らせる。

「なんでって。……この流れで、僕が手ぶらってわけにもいかないでしょ。それにアネットからはキツネの童話の本、もうもらってるんだし」

目の前の彼からの誕生日プレゼント、だった。

セオはなんだか居心地悪げに、気まずそうに視線を彷徨わせている。

「言っておくけど、あんまり期待しないでよ。女の子がどういうのを喜ぶのかなんてわかんないし、飾るもの贈って帰る時に邪魔になっても悪いかなって思ったら、とりあえずすぐ使うものに限られちゃったし、だからその……」

開けてよ、と手振りで示されるので、丁寧に包み紙をはがして紙の蓋を開ける。

出てきたのは。

「日用品でごめん。……こっちの基地に普段使うカップとか、持ってきてないみたいだったからここにいる間だけでも使ってくれたらいいかなって、思ってさ」

綺麗なパステルカラーに染められた、卵を思わせるまるい形状のマグカップだった。

空色と、淡い黄色のものが一つずつ。――これからの冬を越えた先にある春の、色彩を先取りするかのようなやわらかな、あたたかな。

思わずアネットは笑みを零す。

わからない、なんて言いながら。急な話で、きっと慌ただしかったろうにそんな素振りは欠片も見せずに。邪魔にならないかと気を遣って。必要なものはなんだろうかと考えてくれた、その気持ちが嬉しかった。

「ありがとう。――ねえ、さっそくこれ、使ってもいい？」

ん、とセオは一つまばたく。

「それは、贈ったんだからもちろんいいけど」

「じゃ、入って。フードコートのコーヒーショップのだけど、ちょうどケーキもあるの。コーヒー出すから、食べてって」

「えっ」

決して気分がいいわけでもない野暮用の、せめてもの気晴らしにと常備していたのだ。他にもクッキーだとかドーナッツだとか。

ともあれセオは硬直する。

さすがに女性の部屋に、と躊躇っているらしい彼に、今度は吹きだすみたいにアネットは笑った。

「誕生日プレゼントの配達もプレゼントも、してくれたんだもの。それなら誕生日のケーキにも、呼ばれていってよ」

86 ALTER VOLUME ONE

オールスター香水バトル

They spent their adolescence there, on the battlefield.

86

EIGHTY SIX

The number is the land which isn't
admitted in the country.
And they're also boys and girls from the land.

オールスター香水バトル

向けられた拳銃はかつての共和国軍制式の、やや大型の自動拳銃。八四五グラムの重量はシンにとってはさして重くもないけれど、彼女の白い繊手にあってはなぜか、ひどく無惨だ。

重なる照門と照星の向こう、唯一無二の白銀の瞳が冷ややかに告げた。

「こうして対峙するのがきっと、運命だったんですね。私たち二人の」

その、冷えた声音。

半身を真紅に染めたシンを、冷厳と見据える。

「レーナ……」

静かに、シンはその名を呼ぶ。

きっぱり呆れた半眼で。

「こんなふざけた演習だからって、妙な雰囲気を出さなくてもよくないか？」

†

「――えー。それではこれより第八六独立機動打撃群、それ以外もいろいろ参加のオールスターバトルを始めます。実況はゼッケン番号10－8のヤトライ・ノウゼンです。なおゼッケンの意味は後でわかります。よろしく」

と、大変やる気のない口調で実況席に座る黒髪の青年、ヤトライはマイク片手にだらだら台本を読む。のっけから気力ゼロなので、本来ならば維持しているべきノウゼン嫡子としての外面はすでにどこかに放り投げている。

「参加者は四チームに分かれて模擬戦闘を行います。チーム分けは各自が使用あるいは使用してそうな香水、そのメインとなる香料に基づき、たとえば俺の香水はアンバーグリス、マッコウクジラ由来の香料でルール上は〈キラキラ〉チームに属することになります。……なんだよキラキラって」

「あー、そんでもってルール説明担当、ゼッケン2－24のヨシュカ・マイカだ。俺はチャンパカ、香料とるのは花だから〈お花〉チームな。俺はルール説明担当だから模擬戦には参加しねえけど」

ヨシュカの前にずらっと並ぶのは、シンとかレーナとかのいつもの面々に、カイエとかダイヤとかの八六区メンバー、さらにはレイやキリヤたち〈レギオン〉組。グレーテリヒャルトヴィレムの大人組に他隊所属のギルヴィースやミアロナ中佐、他国軍所属のイシュマエルやヒェルナ、果てはヴァーツラフやレイシャたち親世代までいる。

要するに『86―エイティシックス―』ネームドキャラクターほぼ全員参加だ。

それぞれの香水の香料についてこれから全員書いていくので、好きなキャラクターのイメージの香水をお探しの際には参考資料にどうぞ。

同じ香料でも調合によって印象が変わるので、お好みのものを探してみてね！

「事前の通達どおり、チーム分けは使ってる香料が、材料のどの部位からとるかによって決める。香料とる部位が花なら〈お花〉チーム、実と種なら〈木の実〉チーム、葉っぱと枝と幹と根っこは〈葉っぱ〉チーム、樹液と樹脂なら〈キラキラ〉チームな」

「どうしてそんな、気の抜ける名前に……」

「特に最後に、そこはかとない悪意を感じるんだけど……」

列の先頭でレーナとシンがこっそりつっこんだが、ヨシュカは気にしない。

「なお、花含めて草全体を使う奴は〈葉っぱ〉。霊猫香とかアンバーグリスとか、あとミツロウみたいな動物由来の奴はヤトライみたいに〈キラキラ〉。樹脂由来も動物由来も数が少ねえから、少数派同士仲良くしてくれ」

「……その分け方だと、花チームあたりが極端に多くならねえか？」

ライデンが眉を寄せるが、ヨシュカはやっぱり気にしない。

なお実際、一番人数の多い〈お花〉チームと一番少ない〈キラキラ〉チームとでは、人数が倍も違ったりする。

「あと天然香料が存在しない合成香料の連中は、再現しようとしてる香りのチームに入れることとした。たとえば花を再現した香料は〈お花〉で、果物なら〈木の実〉な。そこにも入らねえアクアノートの約一名は、独断と偏見で〈木の実〉ってことにした」

「いや、アクアノートって要するに水の香りでしょ？　なんで〈木の実〉？」

どうせ気に留められないのだろうと思いつつ、セオが小首を傾げる。

チーム分けは、属するチームだけが本人に通達されて、自分以外は誰がどのチーム所属なのかわからない。自分の香水はともかく他人の香水の香料なんていちいち気にしてはいなくて、セオの香水はアクアノートとやらではないから、それがどんな香りなのかもぴんとこない。

「あくまで俺の感覚だが、それっぽいからだな。アクアノートくんに遭遇すりゃわかると思うが、果物っぽいぞアクアたんは」

「あ、これは拾うんだ」

あとアクアたんて。

「そんで今、アクアちゃん本人以外は『誰だよアクアきゅん……』って思ってるだろうとおり、他の奴の香水なんてお互い覚えてねえよな。つまり誰が自分と同じチームかも、実際会うまでわからねえわけだ。……つーわけで、この模擬戦のルール説明だ！」

〈ルール〉

・参加者は、模擬戦場である市街演習場にランダムに配置される
・他チームのメンバーと遭遇した場合、戦闘を行う。会敵後、両者共に一分間射撃を行わなかった場合、双方が失格となる
・自チーム、他チームの識別は各自がつけた香水によって行う
・他チームのメンバーの射撃が命中した場合、失格となる
・自チームのメンバーを射撃した場合、失格となる
・自チームのメンバーとは、口頭で申し出、受諾されることで共闘が可能である
・三チームの残りメンバーがゼロになった時点で、残っているチームが優勝となる

「えっずるい！」

「ルール説明って言っておいて、実際に説明してるの地の文じゃない……！」

「要するに、敵は撃たなきゃダメで敵に撃たれてもダメで、そんで味方を撃ってもダメで、敵

か味方かはつけてる香りで判断ってことな」

　クレナとアンジュが呻くのはまたしても無視して、ヨシュカは話を進める。こんなもの台詞で説明してたら行数が嵩んで大変なので、巻きで進めた次第である。箇条書きは偉大。

「〈お花〉チーム所属なら花の香りの奴が仲間、〈木の実〉なら果物とか種とかで、〈葉っぱ〉なら草っぽい香りが仲間だ。〈キラキラ〉は……つけてる本人はなんとなくわかんだろ。お前らみたいな香りだ。そんで、あたりまえだが敵味方識別装置なんかあるわけねえから、」

　言って。

　ヨシュカはへらっと笑った。

「まあ……がんばってくれ」

　ふと、カイエが挙手をする。後でわかるとか言っておいて、まだ説明されていないのだが。

「ちなみに、ゼッケンの数字は結局なんなんだ？　所属チームとその何人目、とかか？」

　ちょうど赤青緑黄の四色なのである。

　その割に同じ1なのにユートとクロードの色が違っていたり、シンの番号が5から始まっていたりなんなら6も7も8もいたりするが。

　けろりとヨシュカは答える。

「ああ。つけてる本人の誕生日。……だいたいチーム分けってゼッケンで見分けるから、うっかりゼッケン番号に惑わされる奴も出てきて面白いかなって。同じ理由で、ゼッケンの色も所属チームとはまったくなんの関係もない完全なランダムだ」

ぽかんとカイエは口を開けた。もちろん呆れにだ。

「ひどいな……」

「解説のザファル王太子殿下。この演習、どうご覧になりますか」

ルール説明がようやく終わって、参加者たちが演習場にがやがや移動していく間。実況席のヤトライは隣の解説者に話を振る。

受けてロア＝グレキア連合王国王太子、ザファル・イディナロークは優雅に頷く。

「ええと……使う香水とゼッケンの番号も一緒に紹介する流れなのかな？　ヴィーカの兄のザファル・イディナローク、番号は4-29で香水はアンゼリカルートだね。……細かい香調は説明しないから、興味のある方は各自で調べてくれたまえ」

「いきなり丸投げですね……」

「どう見るか、なんてあまりにも雑に投げてきた君も、充分に丸投げだと思うけれどね。……さて。兄としては当然、弟の善戦を期待したいところだけれど……」

言いさして、ザファルは整った眉を美しくひそめた。

「まず、これはそもそも、まともな模擬戦になるのかな？」

もちろん、なるわけがない。

相手の香りが花っぽいか果実っぽいか草木っぽいか樹液っぽいかなんて、調香師でもないのに正確に聞きわけられるものでもない。香りの届く方向や範囲は空気の流れでころころ変動するし、模擬戦用ペイント銃の塗料のきつい匂いが、なおさら識別を阻害する。

結果。

「サイキお前、そのスースーする感じスペアミントか⁉　スペアミントなら仲間だよな⁉」

「いや待ってエイジュ隊長近寄らないで！　匂いがしなくてわかんないから！　仲間かどうかわかんないから……だから近寄るなってば！」

「うわなんか逃げられると傷つく⁉　てか近寄らなきゃ香りしねえだろ！　俺セージだから、同じハーブだから！〈葉っぱ〉チームで仲間だろ……あ、」

「あ、ククミラ少尉、」

風向きの関係で敵味方識別がうまくいかず、ごちゃごちゃやりあっている間にサイキ（スペアミント、〈葉っぱ〉。ゼッケン9－4）とエイジュ（セージ、〈葉っぱ〉。10－13）がクレナ

(ブラックベリー、〈木の実〉。5－6)の狙撃であえなく撃破されたり。

「トールお前〈葉っぱ〉チームだろ……⁉　んな緑みどりした匂いさせて……なのになんで俺を……」

「イェーイ、クロードが騙(だま)された！　オレ、ガルバナムでこんな緑っぽいけど〈キラキラ〉チームです！　樹液から採るんだって。ていうかクロードそれ香りなに？　森みたいだからわかりやすく〈葉っぱ〉だろうなと思ったけどあってる？」

「アルテミシアだよ、ニガヨモギ！　言うとおりわかりやすい〈葉っぱ〉だよちくしょう！」

なんか無駄に悲愴(ひそう)感など漂わせつつ、紛らわしい香りに敵味方を誤認したクロード(ニガヨモギ(アルテミシア)、〈葉っぱ〉。ゼッケン1－29)が無慈悲にトール(ガルバナム、〈キラキラ〉。2－14)に撃破されたり。

「やったーやったー！　忌々(いまいま)しき夜黒種(オニクス)の将を討ち取ったり！　ですわー！」

「うむ。実に見事な射撃の腕前だった」

逆に、離れた場所からもわかる強い花の香りに目の前の少女が敵チームだと察したリヒャルト(ベチバー、〈葉っぱ〉。ゼッケン12－12)が、スヴェンヤ(イランイラン、〈お花〉、3－27)に討ち取られてやって、超短銃身(スナブノーズ)の護身用回転拳銃(リボルバー)を手にぴょんぴょん跳ねる彼女に微笑などしていたり。

「そこに直るのじゃ、シンエイの兄君！」

「観念しなさい多分〈お花〉チームじゃないレイ！　ここであったが百年目、です！」

「ちょ、二人とも！　ずるいぞ薔薇(ばら)とすみれでわかりやすく同じチームだからって！」

互いにわかりやすく花の香りなのであっさり共闘関係を結んだフレデリカ（ローズ・ダマスク、〈お花〉。ゼッケン2－7）とレーナ（ご存じすみれ(ヴァイオレット)、〈お花〉。7－12）が、レイ（蘇合香(スチラックス)、〈キラキラ〉。ゼッケン10－18）をどたばたと追いかけ回していたり。

「ミナ、よく見ぬいたな。俺が〈お花〉チームじゃねェって」

「んー、香りじゃよくわかんなかったけど。キノは花の香水は使わないかなって思って！」

「そっちかよ!?」

香りとしては花に近いはずのキノ（パルマローザ、〈葉っぱ〉。ゼッケン9－1）が、つきあいの長さからミナ（カモミール、〈お花〉。12－25）に敵と看破されていたり。

あと一応仮にも大統領のエルンスト（バジル、〈葉っぱ〉。4－30）はメイドのテレザ（ヘリオトロープ、〈お花〉。5－30）に、実況のヤトライとヨシュカと解説のザファルがドン引きする執拗(しつよう)さで追跡されてひぃひぃ言っている。

特に、しっかり香りを確かめてもなおどのチームか紛らわしい香りは、やっぱり混乱の元であるようで。

「その香りなら、シャナは同じ〈お花〉チームよね。私はロータスだから、共闘しましょ」

「えい」

「えっ⁉」

背中を向けた途端に射撃を喰らい、愕然と振り返るアンジュ（スイレン、〈お花〉。ゼッケン10－2）に、シャナ（ニオイアヤメ、ゼッケン11－9）が妖艶に微笑んで。

「残念。ニオイアヤメは根から採るから、この香りで〈葉っぱ〉チームなの」

と、してやったりとばかりに告げていたりとか。

「えっな、なんで⁉　ミチヒそれ杏子とかでしょ俺と同じ〈木の実〉チームでしょ⁉」

まっ黄色になって喚くリト（グレープフルーツ、〈木の実〉。1－5）に。

「……？　わたしは金木犀で〈お花〉チームなのです。だからグレープフルーツのリトとは、当然別のチームなのですよ？」

きょとんとミチヒ（オスマンサス、〈お花〉。ゼッケン3－4）が小首を傾げたりとか。

「ふふふ……やはり同じシトラス系だから誤認しましたねツイリ中尉。私はレモンバームで、実は柑橘類ですらないのです！」

「くっ……そのとおりよ、まんまと騙されたわ。……いやほんとに、こんな演習でも意外と悔しいわね騙されると……！」

撃ったペルシュマン少尉（メリッサ、〈葉っぱ〉。3－16）と共に妙な小芝居をしてから、撃たれたツイリ（ベルガモット、〈木の実〉。4－23）が地団太を踏んだりとか。

このように大半の参加者が混乱したまま。およそまともではない演習は進んでいく。

連邦特有の迷路じみた市街を模した演習場の、建物を回った先から自分のそれとは違う香料が漂う。

ユージンがつけた香水、アニスシードの温かく仄暗い香りとはまるで異なる、冷涼な冬の針葉樹の香り。踏みだすと同時に銃口を向ける。即応してこちらも銃口を振り向けたシンが、けれどわずかに目を見開いて動きを止める。

「ユージン、待、」

「いいや待たない！　覚悟っ！」

トリガを引いた。ついでにちょっぴり恰好つけて叫んでみた。

この演習でユージンを含めた参加者が与えられているのは、普段戦場で携えている拳銃を模したペイント銃だ。取りだす際に引っかからないように撃鉄のない内蔵撃針式の、連邦軍制式の九ミリ小型拳銃が塗料入りの弾を吐きだし、目の前のシンをあやまたず染めあげる。

頭から塗料まみれになったシンに、ユージンはふふんと胸をそらす。

「シン、今、ゼッケン見て仲間だって誤認したろ？　同じ赤だし、そのうえ番号まで５－19と５－20で近いからね」

シンのゼッケン番号は５－19で、ユージンの５－20とは一つ違いである。……つまり誕生日が、五月十九日と二十日で一日違いらしい。なんという偶然。

けれどシンは、微妙な顔で垂れてくる塗料を拭う。

「そうじゃなくて……」

「おにいちゃん、失格ー！」

実況席から飛んできたのは、まさかの宣告だった。

追加の解説者、ニーナ（石鹸のかおり、ゼッケン番号は3‐8でうさぎのアップリケつき）の楽しそうかつ非情な宣告に、ユージンは愕然となる。

「えっ……どうして⁉　命中したの僕の弾だよね⁉」

「同士討ちだ、ユージン。……友軍を撃ったら失格、だろ」

そっとシンが言葉を寄越すから、ユージンはさらに愕然となる。

「同士討ちって……えっ。シン、その香りなら〈葉っぱ〉だろ。杜松って言ってたっけ。ともかく、僕はアニスシードで〈木の実〉なんだから、同士討ちには……」

シンは気まずそうな顔で、塗料に染まった頰を掻いている。

ペイント弾の塗料の色はゼッケンと同一で、ユージンは赤のゼッケンなので塗料まみれのシンはさながら血まみれ……というには塗料の透明度が高い。イチゴジャムまみれ、というところか。

「おれもこの演習で、はじめて知ったんだけど」

「うん」

「杜松(ねず)はジュニパーベリーだろ」

「そうだけど……」

「……『ベリー』なんだ」

「あっ、」

　思い至って声をあげたユージンに、シンは頷(うなず)く。こんな、はっきり針葉樹の葉の香りをさせているくせに。

「杜松(ねず)の香料は、実から採るんだそうだ」

　同じ共和国軍制式の自動拳銃を、アネット（ゼッケン11－12）は両手で、カイエ（４－７）は片手で向けあい。

「ちょっ、ちょっと待ってカイエ……花よね⁉　ジャスミンあたりでしょ、違う⁉」

「いかにも茉莉花(まつりか)……ジャスミン・サンバックというそうだ！　そういうアネットは……なんだ？　花なのはわかるが」

「鈴蘭(すずらん)よ鈴蘭(すずらん)！　だから同じ〈お花〉チームよ撃たないで！」

　とか、わちゃわちゃやりあった末に。

二人はめでたく、共闘関係を結んだ。

「というか、基本的に〈お花〉チームは、男子は敵だと思っていればいいのではないか？」

「基本的にはそうなんだけど……さっきそれでオリヴィア大尉が友軍誤射されてたわね」

小首を傾げるカイエに、アネットは肩をすくめる。

「ああ、大尉は薔薇だものな。……薔薇なんて〈お花〉チームの中でもわかりやすいのに、誰が誤射なんかしたんだ？」

「聞いて驚きなさいよ。……レーナのお父さん」

「ええ……」

自分だって花（スイートアカシア、〈お花〉。5－3。不参加の妻・マルガレータとお揃い）の香水を使っているというのに、「〈お花〉チームに男性はいまい！」とかいう雑な判断でオリヴィア（ローズ・ド・メ、〈お花〉。3－8）に先制、見事失格となった次第である。

というか〈レギンレイヴ〉の研究班長（不参加）だってゼラニウムの香水だし、そもそもカールシュタール准将がマグノリアで花だし、意外と男の人でも花の香水って少なくないのに、と、アネットは内心嘆息を堪える。

「……ふむ。たしかにお前たちは副長と従者だ。主君の纏う香とその原料を把握していないわけがないが……」

セレクタを掃射(フルオート)に切りかえた、連合王国軍の特殊部隊仕様の機関拳銃をけれどトリガーガードに指をひっかけてぶらさげて、ヴィーカ（乳香(オリバナム)、〈キラキラ〉。ゼッケン12－22）は肩をすくめる。典雅な仕草だが、青と緑の塗料で頭から顔から軍服から斑(まだら)に染められている現状では形なしもいいところだ。

フルオート射撃の可能な機関拳銃は、複数名の敵と遭遇してもまとめて掃討できるのだが、相手が敵味方識別のための——つまり香りを確かめるための間を一切置かずに攻撃してきたため、ヴィーカは引き金すら引けなかった次第である。

自身を撃破した、その相手を流眄(ながしめ)に見やって、ヴィーカはちょっと口(くち)の端(は)を下げる。その間髪いれない射撃の躊躇(ためら)いのなさが、さすがの彼にもちょっと、怖いというか。

「それにしても容赦がないな」

「あたりまえです」

「これは勝負事なれば、手加減はむしろ非礼というものかと」

手動安全装置(マニュアルセイフティ)がないことで悪名高い、連合王国制式の七・六二ミリ自動拳銃をそれぞれ手にして。平然とザイシャ（オレンジの花(ネロリ)、〈お花〉。4－2）が応じて、しかつめらしくレルヒエ（ヘリクリサム(イモーテル)、〈お花〉、9－3）が頷(うなず)く。

出会い頭に銃口を突きつけあい、そのまま互いに一瞬静止するのは、香りで敵味方を識別することの演習に特有の光景だ。

その結果、向かいあうダイヤ（ゼッケン9－16）が、あ、という顔で先に銃口を下ろすのに、セオ（4－20）もまた警戒しつつ拳銃を下ろす。ビターオレンジを基調としたセオの香水に攻撃を中止したなら、ダイヤもおそらくは同じ〈木の実〉チームなのだろう。

くん、と改めて鼻を鳴らすと、その纏う香りが漂ってくる。たっぷりと水気を含んだ夏の果物の……具体的にはメロンやスイカの、特有の青さを帯びた瑞々しい香り。

「……ダイヤ、それメロンかなにか？」

ダイヤはなにやら、照れた様子で頭を掻いた。

「いやその。……どうも、アクアノートきゅんです」

「あー！　ダイヤだったんだ！」

思わずセオは大声を出してしまう。そしてなるほど、ダイヤらしい香りだ。夏っぽいというか流れる水を思わせるというか。ついでに、スイレンの香りのアンジュとも相性のよさそうな香りである。

「そのアンジュは、もうやられちまったけどな……。つーわけで、同じ〈木の実〉同士、アンジュの仇を討ちにいかねえか？」

ふ、とセオは口の端を吊り上げる。アンジュは〈お花〉チームなのだから、この演習ではセオにもダイヤにも敵だけれど。

「そうだね。仇討ちくらいしよっか」

どうせ悪ふざけの演習なのだし。

巡らせた視界に、その忌々しい緋色の髪が映ると同時。

香りによる敵味方識別の努力を、一切放棄してキリヤ（ゼッケン7－22、ゼッケンカラーは赤）は撃った。

こちらが撃つと小癪にも予測していたか、ほぼ不意打ちの銃弾をギルヴィース（12－1、何故か彼一人だけ黒いゼッケン）は回避。ペイント弾で撃ち抜けるはずもない石壁の遮蔽に飛びこみ、その陰から顔を出さずに叫ぶ。夜黒種と同じ拳銃を嫌ったブラントローテ大公が、配下に与えるためにわざわざ特注したエングレーブモデルの七・六五ミリ拳銃。

「ブラントローテ大公の配下の俺を嫌うのはわかるが！　演習のルールくらい守ったらどうだキリヤ・ノウゼン！　――俺が敵か味方か、確認しないで撃ったろう！」

言われてからようやく、キリヤは淡く漂う香りを確認する。

「……麝香か。〈キラキラ〉チームだから敵だな。やはり撃ってよかった」

なおキリヤはセダーウッドで〈葉っぱ〉チームである。言うとおり敵同士だが、仮に友軍誤射になったとしてもキリヤはギルヴィースを仕留める気満々だった。

だってノウゼン一門の政敵の。それ以上に主君たるフレデリカの地位を脅かす大敵の、ブラントローテ大公の配下だし。

チッとギルヴィースは露骨に舌打ちする。これだから、戦狂いの征滅者ノウゼンは。

「ノウゼンの名をお情けで許された程度の傍流、末端の騎士風情はさすがに、狂犬どもの中でも躾がなってないな」
ハ、とキリヤは冷ややかに嗤う。
「どれほど蹴る脚に懐いたところで、貴様ではその程度の情けさえも得られんぞ。雑種」

「…………」

もはや言葉など不要と感じさせる、敵意ばかりを交わし。

黒と赤の騎士は（無駄に）激しく激突した。


「きゃっ、」

「お、」

拳銃を向けた先にいたのは金髪の小柄な、華奢な少女のヒェルナで、つい気を削がれてイスカ（ゼッケン２－４）は銃口を逸らす。戦場ならともかく演習、それもこんなごっこ遊びで、子供なんぞ撃ちたくもない。

一方でヒェルナ（６－27）は大きな澄んだ金色の双眸を、さらに大きく見開く。

「この香りは……ローズマリーですか？　わたくしと同じ〈葉っぱ〉チームですのね？」

「あ？　あんたも〈葉っぱ〉チームなのか」

生憎とイスカには、漂ってくるヒェルナの香りがなんなのかさえもわからないのだが。

果たしてヒェルナはこくこくと頷く。同じチーム、という言葉どおり、繊手にはやや不釣り合いなマグナムオート（三五七マグナム弾仕様・エングレーブモデル）をおろして。

「ええ。わたくしの香は沈香で、木からとりますので。なのでよろしければ……共闘していただけませんか？　これでもわたくしも将の一人です、足手まといにはなりませんから」

あー、とイスカは宙を仰ぐ。子守なんぞ、まったく彼の柄ではないのだが。

「……そうだな。ほっといても寝覚めが悪ぃ」

近くではなんか、演習のノリを読まないバカ二人が激闘を繰り広げているのだし。

「つーか、キリヤの馬鹿とギルヴィースの馬鹿はさすがにやりすぎだろ」

「うちのアホの子がアホですみません……というわけでどうぞ！　演習場秘密ギミック担当ア

ルドレヒト中尉！」

「もうなんでもありだな、この演習とやらはよ……」

ヨシュカとヤトライに促されて、アルドレヒト（花薄荷〈葉っぱ〉。ゼッケン1-13）は額をおさえる。なおザファル殿下は、ニーナを肩車してその辺を回ってやっている。

手を振ってくる小さな少女に片手を上げて応えてから、アルドレヒトは目の前のボタンをぽちっと押した。

途端に一体どういう原理でか、キリヤとギルヴィース（もう拳銃も放り棄てて素手で格闘中だった）の足元がぱかっと開いた。

あ、と下に目を向けただけであとは悲鳴もあげられずに、二人は開いた奈落に飲まれて強制的に退場させられる。

石畳の交差点で、横道からがしょがしょと、他の誰とも間違いようもない重い音で出てきたのはファイドで、こんな演習でも補給とゴミ拾い任務に出ているのかとハルト（ライム、〈木の実〉。ゼッケン7-4）は一度向けた目を前方に戻す。

それから、ん、ともう一度ファイドに目を向けた。

なにしろ機械油のにおいに混じって、わずかに薫ったのは。

「……ファイド」

「ぴ」

「もしかして、お前も参加者だったりすんの？」

「ぴっ！」

トロピカルなマンゴーとココナッツの香りである。

元気よくクレーンアームの片方を、挙手するみたいに天に突き上げるファイドにハルトはほっとなる。あっぶねえ。

同じ〈木の実〉チームだからよかったものの、そうでなければ無防備に攻撃を喰らっていたところだ。まさかファイドも参加者だとは思ってもみなかったのだから。

よく見ればファイドは背中のコンテナに大量の塗料入りバケツを満載していて、どうやらこれがファイド用の攻撃手段であるらしい。バケツの中の水量がえげつない。

「そっか……だから〈お花〉チームの人数多いまま、調整とかしねえでこの模擬戦やってんだな。シンに加えてお前もいるなら〈木の実〉チーム、めっちゃ強いもんな」

「ぴ！」

任せて、とばかりに力強くファイドは応じる。

そこでふと、ハルトは嫌な予測に思い至った。

そうだとするなら、最も人数が少ないままの。

「……〈キラキラ〉チームって誰か、やべぇ奴交じってんじゃねぇの」

というか、〈キラキラ〉チームはアレな連中ばっかりである。

「演習とはいえ、戦場の君に見えるのは一体どれくらいぶりかな、ユウナ。……たとえ愛する君が相手でも、ノウゼンの名において戦場では容赦はしない！」

「ええ、もちろんよレイシャ。マイカの魔女の力を見せてあげるわ！」

妻であるユウナ（オーキッド、〈お花〉。ゼッケン1-2）と、激闘の果てに盛大に相打ちしたのはかつての帝国の武門の頂点、ノウゼン一門の嫡子であったレイシャ（アンバーグリス、〈キラキラ〉。6-14）だし。

「ヴィレム、あなたね……。こういう時に限って大人げなさを発揮しないでちょうだい」

「君に花を持たせようかとも思ったんだが……さすがに元装甲歩兵としては、生身で元戦車兵に負けるわけにもいかないからな」

容赦なく塗料まみれにされて呻くグレーテ（ミモザ、〈お花〉。ゼッケン8-11）に片手をさしだして立たせるヴィレム（ラブダナム、〈キラキラ〉。2-16）は、あろうことか撥ねた塗料の一滴も負わない完全なる無傷だ。さすがは白兵兵装で〈レギオン〉を斬り捨てて回っていた化物装甲歩兵の面目躍如というか、こんなしょうもないところで面目を躍如しなくてもいいだろうというか。

　手を取るついでにその白手袋にべったり塗料をつけてやりつつ、グレーテは眉を寄せる。

「ところで。あなた支給の拳銃そのまま使ってるの？　制式の拳銃って小型だし装弾数も少ないし、心もとないのに」

　言われてヴィレムは肩をすくめる。射程も威力も命中精度も低くて、現代の戦場ではおよそ主要の武器(メインアーム)とはなりえない拳銃など。

「最低限の用が果たせればいい。妙にこだわるのは時間の無駄だろう。……君こそ、何故(なぜ)わざわざそんな軍用でもない拳銃など、」

　きっとグレーテは睨(にら)みつけて詰め寄る。

「時間の無駄⁉　あなた、使うならより良いものを使おうとは思わないの？　……いい、この銃はね、独自のガスロックシステムに速射生を高める新機軸のスクイーズコッカーを採用し」

「わかったわかった。俺が悪かったからそう呪文をまくしたてるな」。

　挙句の果てがこいつである。

「待ちたまえライデン・シュガ君、シンがいろいろとお世話になっているがそれはそれ！　さあ尋常に勝負するが良いぞ！　ダスティン・イェーガー君とエルウィン・マルセル君とカナン・ニュード君にもお世話になっていますさあ勝負！」

「だはははは！　つーわけでオラ待ちやがれライデン他三名！　あとベルノルトとイシュマエルのおっさん！」

「そうです待ちなさい兄上！　そう逃げては勝負にならないでしょう！」

「シデンとエステル大佐はともかく、神父さん相手に誰が勝負になるんだよ！　待つわけねぇだろちくしょう！」

　四五口径にシングルアクションの、一世代前の共和国軍制式拳銃を振りかざし、グリズリーそっくりの神父（没薬(ミルラ)、〈キラキラ〉。ゼッケン10－10）が、シデン（白樺の樹脂(バーチタール)、〈キラキラ〉。6－18）とエステル（エレミ、〈キラキラ〉。7－6）を従え、暴れ牛もかくやの速度と勢いで演習場を爆走する。

　追われるライデン（糸杉(サイプレス)、8－25）とダスティン（松の葉(パインニードル)、3－19）とマルセル（マージョラム、9－9）とカナン（パチュリ、8－18）とベルノルト（タバコ、11－16）とイシュマエル（月桂樹(ベイ)、8－12。ライデンからここまで全員〈葉っぱ〉）を、逃げ遅れた者から順に千切っては投げ千切っては投げしていく。まずは体力不足で追いつかれたダスティンと非戦闘員のマルセル、つづいて不運にも通りすがったノエレとメレ（お揃(そろ)いのマリーゴールド(タジェット)、〈お花〉。4－27と1－12）とニンハ（エニシダ(ジュネ)、〈お花〉。6－5）を。

「うわぁあああああああああ！」「ぎゃぁああああああ!?」「「「きゃ――――っ!?」」」

「って、今だれか巻き添え出ましたよ!?」

「三人ぐらい撥ねられたな暴走神父さんに……なのに勢い全然衰えねえけどよ……！」

「あの神父さん原生海獣にぶつけたら勝てんじゃねえの!?　なんなんだよあの最終兵器！」

悲鳴をあげて飛んでいくダスティンとマルセル他三名を横目に、カナンとベルノルトとイシュマエルが呻くがそれで神父が止まるわけもない。ライデンとカナン、原生海獣との海戦ではまず使わないのでこの演習にあたり貸与されたイシュマエルの九ミリ小型拳銃は無論、何十年もの間現役でい続ける信頼性の高い設計から戦闘属領兵が好む、ベルノルトの大型で無骨な拳銃も、向けることもできないのだからそれは止められるはずもない。

清涼な針葉樹と刺激的なハーブとエキゾチックな香草の香りが、没薬の香りになす術もなく蹴散らされていく。

「……あれじゃ〈葉っぱ〉チームは、ほとんど全滅じゃないか？」

「同じ〈葉っぱ〉チームのイスカとヒェルナも、そろそろ追いつめられそうだしね」

神父他二名による大虐殺と、演習場の別の場所でファイドとハルトに追われて全力疾走しているイスカ（感心にも脚の遅いヒェルナを、荷物みたいにだが担いで共に逃げている）を交互に眺めて、共闘関係を結ぶアリス（水仙、〈お花〉。ゼッケン4－18）とスイウ（ヒヤシンス、

〈お花〉。12－13）は言いあう。

同じく二人と同盟を組むゼレーネ（月下香、〈お花〉。12－9）とトウカ（スイカズラ、〈お花〉。8－31）も、思いきり引いた顔で無惨に蹴散らされていく〈葉っぱ〉チームを眺めている。甘美な香りの〈お花〉チームの中でもとりわけ甘い、艶麗な白い花々の香りの一群だ。

ちなみにレイとキリヤとアルドレヒトとついでにヴァーツラフが重戦車型や電磁加速砲型の姿でないのと同様に、ゼレーネもまたこれが初公開となる人間の姿での登場である。焔紅種の真紅の長い髪に、ほっそりした体躯と繊細な目元。

ところでハルトはともかく、ファイドが何故か敵意むき出しでイスカを追撃していて、逃げるイスカも割と必死だ。

「いや、ちょ、危ねえな待てって、クソ！　俺が何したってんだこの〈スカベンジャー〉！」

「ぴ――――っ！　ぴぴぴ――――――っっ!!」

なんだか怒鳴り声みたいな大音量の電子音に、ゼレーネが眉を寄せる。

「自分の胸に聞いてみろ、って。言っているように聞こえるわね」

傍らでトウカが頷いた。何故だかは彼女にも、わからないけれど。

「奇遇ですわね。わたくしにもそう聞こえますわ」

「……そう思わせてこのまま潜んでいれば、意外と負けないような気もするな」

「神父さん、完全に無差別破壊兵器だからな……〈お花〉チームも〈木の実〉チームも、見つかる端から狙われてるし」

互いに〈葉っぱ〉チームで共闘するユート（白檀(サンダルウッド)。ゼッケン１－27）とグレン（ローズウッド。11－22）がぼやくとおり、暴走神父はついさっきまで〈木の実〉チームのセオとダイヤを追い回していて（この過程でエステルが脱落した）、今は〈お花〉チームのオリヴィアとザイシャ、ついでにオリヴィアに抱えられてきゃあきゃあ言っているスヴェンヤを追撃しているところだ。ちなみにレルヒェは果敢にも殿(しんがり)に立ち塞がってシデンを返り討ちにしたが、あえなく神父に蹴散らされた。

ユートたちと共にいるのはライデンの師の老婦人（甘松香(ナルデ)、〈葉っぱ〉。５－１）とチトリ（ラベンダー、香料を取るのは全草なので〈お花〉ではなく〈葉っぱ〉。10－５）で、戦闘能力のない二人を連れての交戦は厳しいため、なるべく戦闘を避けて潜んでいたのが功を奏したかたちだ。こんなバカバカしい演習で塗料まみれになりたくもないし。

こんなアホみたいな演習でも真剣に襲撃をかけてきて、二人が非戦闘員とはいえ多勢に無勢であっけなく返り討ちにあったミアロナ中佐（カーネーション、〈お花〉。３－31）が、むくりと起き上がってサムズアップした。

「うむ、その清々(すがすが)しいまでに突き抜けた冷徹さ、やはりエイティシックスは優秀だな！　卑(ひ)

怯だなんて誹りを気にするんじゃないぞユート少尉、グレン軍曹も！」

「放っておいてくれ」

「というか撃破されたからって、真面目に死んだふりまでしてなくていいと思うぜ中佐」


なお、神父は最終的に、何故か仕掛けてきた同チームのクジョー〈トルーバルサム、〈キラキラ〉。ゼッケン3-17〉とやりあい、見事討ち取ったが同士討ちで失格になった。

そんなこんなで。


「――こんなふざけた演習だからって、妙な雰囲気を出さなくてもよくないか？」

生き残った〈木の実〉チームのシンと〈お花〉チームのレーナはもはや銃声も足音もない、塗料だらけの演習場で対峙する。呆れた半眼で言ったシンに、ちょっと雰囲気に流されてみたレーナは顔を真っ赤にして叫び返す。

「うっうるさいです！　さあ、この演習では敵同士なんですから、尋常に勝負ですよ！」

そう言われても。

いくら演習でもレーナは撃ちたくないんだけどな、とシンは思い、とはいえあからさまに手を抜いたらレーナは怒るだろう。どうしたものかな、と片手で拳銃を保持した姿勢は欠片も崩さないまま思考の回転に意識を向け。

「――そう。〈木の実〉の君は我々の敵だ。そしてこれは勝負だ」

転瞬、真横から大量の塗料がぶっかけられた。

えっ、とレーナは、そして虚をつかれたシンも振り返る。ユージンの友軍誤射のせいで赤い塗料まみれな上に、緑の塗料をぶちまけられたものだから色の取りあわせが大変なことになっている。

塗料入りのバケツを放り棄てて、建物の陰から歩みでたのは顔に傷跡のある長身の共和国軍人。カールシュタールだった。

「油断大敵だな、ノウゼン大尉。〈木の実〉チームの最後の一人」

誰がどうやって非武装とはいえ十トン強の重機であるファイドを撃破したのかはさておき、そうなのである。〈木の実〉チームで最後に残ったのはシンで、そして今やそのシンも失格となった。

〈キラキラ〉チームと〈葉っぱ〉チームはこうなる前に結局全滅してしまったから、残ったのは〈お花〉チームのレーナと。

ぱちくりとレーナが目をまばたかせた。

「……あ。小父さま、そういえばマグノリアの香水をお使いでしたっけ」

「そうだ。……我々の勝ちだ、レーナ。そしてそこの大尉を含めた全員が敗者だ」

同じく〈お花〉チームのカールシュタール（白木蓮（マグノリア）、〈お花〉。ゼッケン11－27）である。

はっきり誇らしげに言い放つ彼に、思わずシンは膝をついてしまう。たしかに油断していたとはいえ、ありか、こんな決着。

こんな敗北。

見下ろして、にやりと笑ってカールシュタールは言った。一度言ってみたかったのだ。本来それを言うべき人間は、だいぶ前に自滅で失格してすごすご退場してしまったのだし。

「娘は渡さんぞ、馬の骨。この軟弱な負け犬め」

「くっ……！」

つい、乗せられてシンも歯嚙（はが）みする。

待てジェローム、それは私の台詞だ！　と、演習場の外でヴァーツラフが叫んだが、あいにくとその声はシンには届かなかった。

あとがき

いつもありがとうございます。こんにちは、安里アサトです。

シリーズ二作目の短編集『86―エイティシックス―』Alter.1『死神ときどき青春』、お送りします！

本作『死神ときどき青春』は、一巻から六巻までの店舗特典掌編、フェア掌編を中心に、シン十二歳冬から十八歳秋までの彼と仲間たちの日常の一コマを、作中での時系列順にまとめたものです。『スターシャワー・レモネード』は特典用に文字数を調整する前の長いバージョンを収録していたり、未発表の掌編を収録していたりと、特典掌編未読の方はもちろん既読の方にもお楽しみいただける内容となっております！

・いつもの注釈……の代わりに未発表&書き下ろしの解説

『レーナ＋アネット』『セオ＋カイエ＋ハルト＋ファイド』『ちなみにこの時のアネットとダスティン』

店舗特典掌編、未発表の三編。

店舗特典は一巻から六巻まで、なるべく必要な数プラス二編ほど書くようにしてまして（没対策という名目で、書きたいからと勝手に余分に書いていた次第）。未採用分はだいたいカクヨムに掲載してもらっていたのですが、この三作のみタイミングを逃して未発表になっていたものです。『レーナ＋アネット』と『セオ＋カイエ＋ハルト＋ファイド』は一巻発売時の特典掌編用に書いたものなので、六年前！　懐かしい……！

『十月二日（アンジュ誕生日）』『十一月十五日（アネット誕生日）』

書き下ろし。

この二人（と、ヴィーカとフレデリカ）の誕生日掌編をこれまでカクヨム等で書いてこなかったのは、当時は本編の時間軸がまだ十月、十一月になっていなかったから。Ep. 11で十月に、Ep. 12で十一月になったので、ようやく二人の掌編を書けました。十二月のヴィーカ、二月のフレデリカの分も、いずれ書けるようにがんばります！

『オールスター香水バトル』

知りたい！　とのご要望が多かった各キャラクターの誕生日と香水、あとおそらく需要のありそうな各勢力ごとの拳銃を、全部まとめて煮こんだ闇鍋風短編。全キャラを出そうとするとどうしても時空を捻じ曲げるしかなかったので、作中世界で実際にあったイベントというよりはシンたちが見た集団幻覚か何かとしてご理解いただけると幸いです（だってレイ兄さんもカイエもユージンも、実際にはもう死んでるんだもの……）。

ちなみにセイエイおじいちゃんとゲルダおばあちゃん、ヴィーカの父王とスヴェトラーナ伯母上、ベル・アイギス中将は、それぞれの後継者であるレイシャとヤトライ、ユウナ、ザファル、ヴィーカ、オリヴィアと同じ香水を使っているため、未登場としました。あと盟約同盟軍の制式拳銃のみ、ヴァーツラフと神父がオリヴィアを誤射したり追い回したりしたせいで出せなかったのでここで書きますが「精度は極めて高いが軍用としては少々高価な、シングルカラムの九ミリ自動拳銃」です。

最後に謝辞です。

誕生日ゼッケンとトロピカルファイドに笑ってもらえてよかったです、担当編集、田端様、西村様。

Ep.12表紙の愁いを帯びたレーナも良かったですが、今巻表紙の屈託のない笑顔のレーナもやっぱり素敵です、しらび様。本編でもこんな風に、明るい顔ばかりさせたい……！
バケツを振り回してオールスターバトルにノリノリ参加！　のファイドには爆笑しました、I－IV様。レジーナ☆レーナの銀河航行艦や杖のデザインもありがとうございます！
『魔法少女レジーナ☆レーナ』、コミカライズ始動！　染宮様。一話から魔法少女レーナとアネットは綺麗だし犬耳ちびキャラ86たちはキュートだし、おじさん軍人三人組は不憫だしで、もう最高でした！

そして今回も、おつきあいいただきました読者の皆様。時々というかむしろしょっちゅう青春してる死神と鮮血女王、仲間たちの成長の軌跡を楽しんでいただければ幸いです。

それでは、スピアヘッド戦隊基地の、ある夜の団欒に。リュストカマー基地の日々の喧騒の中に。あなたをひととき、お連れすることができますように。

◉安里アサト著作リスト

「86―エイティシックス―Ep.1～12」（電撃文庫）
「86―エイティシックス―Ep.12 ねんどろいどヴラディレーナ・ミリーゼ ブラッディレジーナVer.付き特装版」（同）
「86―エイティシックス―Alter.1 ―死神ときどき青春―」（同）

本書に対するご意見、ご感想をお寄せください。

ファンレターあて先
〒102-8177　東京都千代田区富士見2-13-3
電撃文庫編集部
「安里アサト先生」係
「しらび先生」係
「Ｉ－Ⅳ先生」係

初出

本書は、書き下ろしに加え、
・アニメイト、ゲーマーズ、とらのあな、メロンブックス購入特典
・小説投稿サイト「カクヨム」
・電撃文庫MAGAZINE Vol.61 (2018年5月号)
・過去に実施したフェア特典
にて掲載されたものを加筆、訂正したものです。

電撃文庫

86―エイティシックス―Alter.1
―死神ときどき青春―

安里アサト

2023年4月10日　初版発行
2023年7月15日　再版発行

発行者　山下直久
発行　株式会社KADOKAWA
〒102-8177　東京都千代田区富士見2-13-3
0570-002-301（ナビダイヤル）
装丁者　荻窪裕司（META＋MANIERA）
印刷　株式会社 KADOKAWA
製本　株式会社 KADOKAWA

ISBN978-4-04-914987-6　C0193　Printed in Japan

電撃文庫　https://dengekibunko.jp/

電撃文庫創刊に際して

文庫は、我が国にとどまらず、世界の書籍の流れのなかで〝小さな巨人〟としての地位を築いてきた。古今東西の名著を、廉価で手に入りやすい形で提供してきたからこそ、人は文庫を自分の師として、また青春の想い出として、語りついできたのである。

その源を、文化的にはドイツのレクラム文庫に求めるにせよ、規模の上でイギリスのペンギンブックスに求めるにせよ、いま文庫は知識人の層の多様化に従って、ますますその意義を大きくしていると言ってよい。

文庫出版の意味するものは、激動の現代のみならず将来にわたって、大きくなることはあっても、小さくなることはないだろう。

「電撃文庫」は、そのように多様化した対象に応え、歴史に耐えうる作品を収録するのはもちろん、新しい世紀を迎えるにあたって、既成の枠をこえる新鮮で強烈なアイ・オープナーたりたい。

その特異さ故に、この存在は、かつて文庫がはじめて出版世界に登場したときと、同じ戸惑いを読書人に与えるかもしれない。

しかし、〈Changing Times,Changing Publishing〉時代は変わって、出版も変わる。時を重ねるなかで、精神の糧として、心の一隅を占めるものとして、次なる文化の担い手の若者たちに確かな評価を得られると信じて、ここに「電撃文庫」を出版する。

1993年6月10日
角川歴彦

電撃文庫DIGEST　4月の新刊

発売日2023年4月7日

86―エイティシックス―Alter.1 ―死神ときどき青春―

著／安里アサト　イラスト／しらび
メカニックデザイン／I-Ⅳ

たとえ戦場であろうとも、彼らの青春は確かにそこに在った――。店舗特典SSやフェア限定SS、さらには未発表短編、安里アサト書き下ろし短編を多数収録した珠玉の１冊！　鮮烈なる青春の残り香を追う！

姫騎士様のヒモ4

著／白金 透　イラスト／マシマサキ

迷宮都市へと帰還したマシューを待ち受けていたのは、想像とは正反対の建国祭に浮かれる住人たちの姿。スタンピードは、太陽神教は、疑問を打ち消すような喧騒のなか、密かにヤツらは街の暗部を色濃く染めていき――

三角の距離は限りないゼロ9 After Story

著／岬 鷺宮　イラスト／Hiten

奇妙な三角関係が終わってしばらく。待っていたのは、当たり前の、だけど何より願っていた日常だった。恋人どうしの何気ないやり取り、それぞれの進路、そして卒業――。二人の"今"を綴るアフターストーリー。

ウィザーズ・ブレインⅨ 破滅の星〈中〉

著／三枝零一　イラスト／純 珪一

世界の運命を決する大気制御衛星は魔法士サクラの手に落ちた。人類を滅ぼそうとする賢人会議に対し、シティ連合も必死の反攻を試みる。激突する両者に翻弄される天樹錬や仲間たちに、決断の時は刻々と迫っていた。

新作　30ページでループする。そして君を死の運命から救う。

著／秋傘水稀　イラスト／日向あずり

ペンギンの着ぐるみをまとった謎の少女との出会いは、悲劇を止める熾烈な"シナリオバトル"の始まりだった。夏祭り会場で発生した銃撃事件。とある少女の死をきっかけに、俺は再びその日の朝に目覚め――。

新作　天才少女、桜小路シエルは異世界が描けない

著／春日みかげ　イラスト／Rosuuri

自称天才マンガ家のシエルは、異世界ファンタジーの執筆に難航していた。「描けないなら実際に来ればよかったのだ！」　マンガを描くため、いざ異世界へ！　けれど取材は一筋縄ではいかないようで……？

新作　未練タラタラの元カノが集まったら

著／戸塚 陸　イラスト／ねいび

一度終わった関係が再び動き出す高校二年の春。どうやら元カノ三人が集まって何かを企んでいるようで……!?

新作　悪役御曹司の勘違い聖者生活 ～二度目の人生はやりたい放題したいだけなのに～

著／木の芽　イラスト／へりがる

悪役領主の息子に転生したオウガは人がいいせいで前世で損した分、やりたい放題の悪役御曹司ライフを満喫することに決める。しかし、彼の傍若無人な振る舞いが周りから勝手に勘違いされ続け、人望を集めてしまい？

レプリカだって、恋をする。
Even a replica falls in love
榛名丼
[イラスト]
raemz
16歳、夏。はじめての、青春。
愛川素直という少女の
身代わりとして働く
分身体(レプリカ)、それが私。
本体のために生きるのが
使命……なのに、
恋をしてしまったんだ。
海沿いの街で
巻き起こる
ちょっぴり不思議な
青春ラブストーリー。
応募総数
4,128作品の
頂点
第29回
電撃小説大賞
大賞
受賞作
電撃文庫

第29回
電撃小説大賞
金賞
受賞作
夢の中で「勇者」と称えられた少年少女は、
美しき女神の言うがまま魔物を倒していた。
――その魔物が〝人間〟だとも知らず。
勇者症候群
Hero Syndrome
[著] 彩月レイ
[イラスト] りいちゅ
[クリーチャーデザイン] 劇団イヌカレー（泥犬）
少年は《勇者》を倒すため、
少女は《勇者》を救うため。
電撃大賞が贈る出会いと再生の物語。
電撃文庫

クセつよ異種族で行列ができる結婚相談所
～看板ネコ娘はカワイイだけじゃ務まらない～
五月雨きょうすけ
illust. 猫屋敷ぷしお
見習い秘書係のネコ娘、今日も頑張っています！
第29回 電撃小説大賞 受賞作
電撃文庫
特設サイトをcheck!!
STORY
訪れるのはワケあり相談者ばかり？
異種族同士の婚活って大変なんです！
ドタバタ婚活ファンタジー、はじまります!!
電撃文庫

MONSTER HOLIC
怪物中毒
PICK UP!
超人気作家
三河ごーすと
が贈る原点回帰にして
最新の
ダークファンタジー!
AUTHOR
三河ごーすと
ILLUST
美和野らぐ
怪物以上人間未満の
少年少女たちが
《官製スラム》の夜を駆ける——!
MONSTER HOLIC
電撃文庫